有一种力量，叫文学；

有一种美好，叫回忆；

有一种感动，叫青春；

有一种生命，在鲁院！

鲁迅文学院·百草园文集

血肉青铜

丁晓平 ◎ 著

XUEROU QINGTONG

知识出版社

书中作品是作者在文学道路上，蹒跚起步到正步前进的真实记录。从某种意义上讲，此书也是作者与文学的初恋，那份激情的写照。

图书在版编目（CIP）数据

血肉青铜／丁晓平著 . -- 北京：知识出版社，
2017.8
（鲁迅文学院百草园文集）
ISBN 978-7-5015-9592-1

Ⅰ.①血… Ⅱ.①丁… Ⅲ.①中国文学—当代文学—
作品综合集 Ⅳ.①I217.2

中国版本图书馆 CIP 数据核字（2017）第 211293 号

血肉青铜　丁晓平　著

出 版 人	姜钦云	
责任编辑	周　玄　邢树荣	
装帧设计	君阅书装	
出版发行	知识出版社	
地　　址	北京市西城区阜成门北大街 17 号	
邮　　编	100037	
电　　话	010-88390659	
印　　刷	北京一鑫印务有限责任公司	
开　　本	787mm×1092mm　1/16	
印　　张	14	
字　　数	280 千字	
版　　次	2017 年 8 月第 1 版	
印　　次	2020 年 2 月第 2 次印刷	
书　　号	ISBN 978-7-5015-9592-1	

定　　价　38.00 元

C 目 录
ontents

小人物宣言

（代序）

我渴望做一个小人物。

小人物不是小人。小人物是好人，但不是老好人。

小人物没有炙手可热的权力，没有趋之若鹜的名声。

小人物就生活在普通百姓中间。小人物是普通人，但又不是一般的普通人。

普通百姓是小人物生存的土壤，是小人物呼吸的空气。小人物与普通百姓汗泪交融，浑不可分；小人物与普通百姓有情有义，有恩有报。

小人物和普通百姓一样，脚踏人生的两只船———一只为名，一只为利。但小人物只和自己争名夺利，与世无争。

但小人物的关怀和照拂是非功利性的。

小人物是宽容豁达，不刻薄也不猥琐、不轻浮也不玩深沉、不唯唯喏喏也不目空一切、不和稀泥也不冒充明白、不装疯卖傻也不伪善的普通人。因此，小人物是真正心口如一，说到做到。

小人物有灵有肉，是自信自尊踏实明净正直善良的普通人。小人物不计利害也不存戒心。

小人物是不卑不亢，是宠辱不惊。小人物从不企求别人的重视，也不怕被别人忽视。

小人物是人情厚土，是天地良心。小人物老老实实做人，勤勤恳恳做事，不搞花样。

小人物的人生没有惊天动地，也没有轰轰烈烈。小人物普普通通得像块泥土，不招人不吭声，叫人感觉不到他或她的存在。

小人物是真心英雄。

小人物的大气魄、大胸怀、大风格、大良心、大勇气、大智能、大思想，是普通人和所谓名人的"大人物"所不能比拟和具备的，甚至正是他们缺少的。

因此，当你一见到一听到一想到小人物时，你就情不自禁地竖起大拇指。

小人物就是大拇指！

小人物又有大拇指所形容不了的人格魅力。

因此，我渴望做一个小人物。

在喧嚣繁丽的世象中，我们景仰名人羡慕大人物。可他们的风情我们无法望其项背，我们感觉不到他们的生命温度。那就，让我们回到普通百姓中间来吧，用我们墨水不多的笔写这些出类拔萃的普通人，安心宁静地做一个普通人，做一个小人物一样的普通人。

我想，这样，我们的幸福生活，就真正开始了。

花是主人

一句话能影响人一辈子。语言的魅力，你无法知道有多大。

现在，也就是在我看到洛阳千唐志斋之后，我依然不知道一句话对我今后的人生影响有多大。虽然这句话只有八个字——

谁非过客，花是主人

说这话的先生，把这话镌刻在自己"听香读画之室"的正门两侧的墙上。这是一间独立的用石头垒起的书房，先生在其间款待宾客，读书作画。康有为、章太炎、于右任、吴昌硕等大师名家均在此小憩过，他们的题额、赠联、赋诗或书跋，仍散逸着当年的洒脱挑达，莫不神采飞动。

这位先生叫张钫，是著名的辛亥老人、爱国民主人士，曾官至陕西靖国军副总司令。张将军有一个与众不同的爱好，专门收集墓志铭，一生共收集三千多方，是墓志铭之集大成者，前无古人。自唐武德、贞观起，经盛中晚唐，历代年号，无不尽备。志主身份纷繁复杂，既有相国太尉、皇亲国戚，又有藩镇大吏、刺使太守；既有处士名流、真观洞主，又有郡君夫人、宫娥才女。1921 年夏，将军因父丧返回故里守制，其后不久便丁忧离陕，归隐民间，把自己融入一方方墓志之中，埋葬于碑刻的前人故事里，看门前花开花落，看天上云卷云舒，把淡泊把宁静挥洒得何等的洒脱何等的超世！

作为一个曾在仕途上高就的人、一个历经战火与政权磨难的人、一个经受生死考验从一个旧体制走进一个新体制的人，所走过的路，是不能用年龄来测量的。不惑之年，张将军在千唐墓志中，阅读出了人生种种，沧桑万千。人生在世，草木一春。人总是要死的，重于泰山也好，轻于鸿毛也罢，"谁非过客"？思千古风尘，把自己埋没于千方墓志中的张将军，抛开尘世的喧嚣和纷扰，躲开功名利禄的诱惑，揭去人性中层层障幔，深沉地发出了人生的感叹，把自己从滚滚红尘中拔出，在入世出世之间求得一份平平常常从从容容。

而世中的人活得总是很肤浅，总是把简单的事情弄得很复杂。过去一代接一代的人，是今人深入历史土壤的根须，今人站在大地上，靠汲取地下前人的营养和自己地上的劳动生活。而今人总是忽略了前人，或者没有读懂前人，从而也无法把自己植进土壤里去。他们只是为了想抓住地面上一些捕风捉影的事情，而行色匆匆，享受阳光空气也栉风沐雨，甚至还不如一朵花一棵草深知大地以下的事情。岁岁年年年岁岁一年一年地过去，物是人非，草依然绿着，花依然开着……

"年年岁岁花相似，岁岁年年人不同"。我们往往是从花儿草儿身上，弄懂一些人生的道理，并自以为是地以为弄懂了一切。其实，我们什么也没弄明白，包括我们自己。

"花是主人"。古人的话像花一样开放，而我们只匆匆闻着了花香，却没有了拈花的微笑。

在千唐志斋，我只不过是一个匆匆的过客。

我写在上面的话，只不过是在将军花园里发出的一声叹息。花儿听不见。

血肉青铜

城里的树

　　城里的树是一些听话的孩子，规规矩矩地站在马路的两边，有风无风的时候或热烈或轻轻地鼓掌，欢迎来自城里城外的人们，以及汽车，表情丰富，却逃不出千人一面的呆板，显得有些做作和雕饰。这很让人想起戴红领巾的孩子们手举小红旗小花篮嘴喊"欢迎欢迎，热烈欢迎"的场景。也有一些不听话的，估计都躲到了公园或者什么风景区里游玩去了，不招人不惹眼地绿着、枯着，有一搭无一搭地快乐着。

　　听话的孩子们被城市打扮得活像一群孪生兄弟，大概是城市"绿化克隆术"的功劳吧？胖瘦、高矮、性格都一模一样。

　　这和乡下的树截然不同。乡下的树有站着的、有蹲着的、有躺着的，还有勾肩搭背卿卿我我的，五颜六色的姿势有点像城里年轻人在大街上谈恋爱，搂搂抱抱的熟视无睹。

　　城里的树大都是跟路活着的，路宽了窄了，树也跟着左右移动；路长了短了，树也跟着前后移动；路有了没了，树跟着生死移动。一条路一种树，一条街一种树，城里的树好像是计划生育的，基本上都属独生子女，没有什么七大姑八大姨亲戚六眷，他们之间相互冷漠着，好像谁也不认识谁，更没有什么亲密接触。有的一座城市就这么被一种树笼罩着，城市的四季就是树的四季，树的天空就是城市的天空。

　　城里的树是骄傲的，见多识广，个个像白领似的，好像生在城里就有三分福气似的，一般的人是不随便接近他的，连鸟也不敢与他为邻，顶多是在他的头顶上歇歇脚，没有几个愿意在那里安家的。有的估计一辈子连鸟的叫声也没听到过，更谈不上闻一闻鸟粪的味道了。因此，城里的树的骄傲是肤浅的，多少有些苍白，且少有自知之明。

城里的树是孤独的。这种孤独是乡下的树所不知道和不可思议的。乡下的树和鸟是好朋友，于是和孩子们也就成了好朋友。乡下的树下，常常坐着一家人，父亲背靠在树干上（这时候的父亲好像一棵树，这时候的家是好大一棵树！），母亲坐在小板凳上，儿子女儿就蹲在或坐在树下的地上，小孙子说不定早爬到树的枝杈里去了，吃着饭、喝着水、聊着八九亩田里的庄稼，谈着六七里地内的事情，看着能看见的路上过来过往的四五个人和鸡鸭牛猪，三言两语，一笑了之，其乐融融。树静静地听着，不时和风一起发出一些笑声。日子长了，树就成了家中不可缺的人员，树的根听着听着就调皮地从地下偷偷冒出几截来，又不好意思地钻回地下去，一不小心在地面上留下一截半截的，被人抓住了把柄，做了天然的凳子或者拴牲畜的桩，牛呀猪呀狗呀什么的也成了树的伙伴，这时，树下的热闹会惊动树上做窝的鸟，不高兴时一泡鸟粪就会落在谁的头上、身上或碗里，那就更热闹了……

真是好大一棵树！

城里的树是不知道乡下的树的快乐的。

生在城里，能有一棵乡下的树活在身边、窗前，与我共享自然的阳光和风雨，这种幸福的愿望已经是一种奢侈。

我如今没有了这份福气，唯一值得欣慰的是，作为城里的一棵树，我开始有了这样难能可贵的愿望，它已经成为我活着的另一种注释和理由。

心 气

心气是个什么东西？

这个词是我自己杜撰的，辞海里也找不着。我的一位兄长写了一篇文章，名曰《地气》。他在文章中也有一个疑问——地气是什么？说是大地之气，算不算准确？我想，心气和地气，在某些地方是相融相通的。大地和人一样，也是一种生命的存在。

在我的故乡有句谚语，小时侯父母大人都或多或少地用它来教育我们，那句话其实土得掉渣老得掉牙——人活着，就是争口气。这是家教。但这话经得起琢磨。父母亲一代一代传下来，它的存在就证明了它的价值。家教尽管流传在民间，就像"没有花香没有树高"的小草一样，野火烧不尽。但遗憾的是，人类有时对家教的理解，还不如一头牛那样"嚼"得深刻。一位诗人说，一个家庭的文化叫作教养，一个民族的教养叫作文化。而家教大概就是人类赖以生存的一种草料，需要你反复地咀嚼，才有味道。

现在我想，父母亲说人争的这口"气"，估计就是叫作心气吧？

生人与死人得以区别，其实也就差那么一口气。说断气，说明这人就完了；说短气，说明这人狭隘小心眼；说小气，说明这人抠门是个吝啬鬼。现在流行一个名词叫作"人气"，说某某最近生意兴隆官运亨通就是"人气旺"，似乎有点"运气"的意思。但心气与人气不一样，人气是某种外在的表现，心气是内在的，是一种修养。

如果你有空，静下心来，回味一下人生，平平淡淡也好，轰轰烈烈也罢，都是为了一口"气"，或如夸父追日疲于奔命，或如姜太公钓鱼悠哉悠哉，形式、内容或过程也许都不一样，甚至大相径庭，可终极目标，似乎没有什么本质性的差别。差别的恐怕只有心气。有的人浮躁，有的人沉静。

浮躁者或许一时登峰造极，但往往是希望越大失望越大，爬得高摔得惨。沉静者一步一个脚印，如龟兔赛跑的乌龟，会赢得最终的胜利——这不是物质上的胜利，而是精神。

心气其实就是这种精神上的功夫。它隐藏在生命的深处，是看不见摸不着的一种东西，在思想海拔之巅或在其之渊，豁达、从容、淡泊、宁静，怀有一颗平常心的人最易获得。

心气就是一种大哲学，朴素得像个乡巴佬。如果说心气是一种文化，它是乡土的。

暴风雨后的彩虹，是心气最好的表达方式。

可往往是，我们活着，却不知道怎么表达或忘了表达。这就是我们共同的毛病——

浮躁。

尘埃不落定

　　我被阳光照耀/我被风吹/我被雨淋/我在尘埃中走来走去/我呼吸/我说话/我做事做人/我唱歌我哭泣/我生，我活着，或者死/我爱，或者恨/我就在尘埃中奔来奔去，奔去奔来/我就是一粒尘埃/我飘荡，我想落下/我落不下/我不落下/我无所不知，无所知/我无所不晓，无所晓/我无所不能，无所能/我被雨淋/我被风吹/我被阳光照耀……

　　这首叫《尘埃》的诗写在 20 年前，20 年后我看了，诗仍然很年轻。20 年前我才 20 岁，一点也不懂什么世故也不会玩什么深沉，更不属于颓废。20 年后有人叫我"诗人"了，我知道，远着呢！但我骨子里仍想着做个诗人，一个真正的诗人。我知道许多真正的诗人的诗歌在今天的文学刊物或者文学圈子里得不到承认，而发表了的获奖了的那些诗人那些诗歌又没有几个人读得懂，我很纳闷，我很彷徨，我想呐喊。又扯远了，我是说我喜欢我上面的这首诗，尽管她永远年轻永远天真，我喜欢她，爱她，我爱得要让你嫉妒我才罢休！

　　别，千万别说我有个性。这是个不需要个性的国度。枪打出头鸟、树大招风，猪怕壮，何况人乎？我就是一粒尘埃，没有个性，来无影去无踪，我不想拈花惹草，不想打扰平静的生活，不注意你也看不见，像阿 Q 一样，这个世界有我与无我也没有什么两样，地球照样转。我喜欢这样，我只是这样的一个单词——尘埃，它是物质的，又是抽象的，它的存在似乎总在形容着什么，寓言着什么或者昭示着什么？

尘埃的故乡永远是土地，它却飘在空中，在万物的呼吸中流淌，一点声音也没有。但正所谓大音无声，她在人类的语言中让人感受到的是强大与弱小、欢乐与悲伤、幸福与苦痛、得到与失去、沉重与轻松、深刻与肤浅、浑浊与透明、高尚与猥琐、文明与野蛮、爱与恨、生与死……

尘埃从来不曾落定过，也不能落定。三十年河东，三十年河西。其实三十年太漫长，根本用不着！就是现在，在此时此刻，就决定着一个命运的走向。此处与别处，此时与彼时，只要有风，风在吹、在流动，一切都没有什么太大的区别。

尘埃不落定，只要有风。

神秘的风啊！神秘的空气的呼吸啊！宇宙在你的呼吸中转动轮回。

人心什么时候安静过？尘埃什么时候落定过？你看见的其实都是表象，假象的表情和真象是孪生兄弟。真象什么时候出现过？

飘啊，飘，落下又飘起。看啊！阳光下的尘埃正闪烁着耀眼的光芒！在路上，在眼里，在风中……

我的心，也正在路上……

看啊！一束光线撕破云层穿越幽暗，茫茫宇宙中的星球也正在转啊转啊！

在尘埃中来来往往的我啊，你啊！

神秘的风啊！我知道了什么叫作望尘莫及。

我在农业和农民之间

多少年来，我和我儿时的朋友们一样，曾经为了摘掉这个祖祖辈辈套在我们头上的帽子，而发奋读书工作。农民，这个让我们的农民父母都感到低下和卑微的称呼，同样遗传在我们的血液里，我们为此感到悲哀和难过，甚至责怨。我们之所以如此，除了与千百年来的积习有关，还与父母对子女的期望和祝福——摆脱"泥箍腿子"，走进城市——有关，说白了，就是要混一个"铁饭碗"，换一个"农转非"。

"农业户口"，拥有它的人叫农民。而"农转非"，这是个只在现代中国才出现的名词，在某种意义上说这是"农业户口"儿女的梦想，甚至理想。它的存在，是一种历史的误会。现实已经自然而必然地证明，它将随着经济的增长而渐渐地消亡。

现在，我始终觉得我还是一个农民，是走在城市里的一个农民。在钢筋与水泥之间呼吸的我，仍散发着一种来自我故乡的"土气"。或许正是这些"土"的品格成全了我，虽然它也曾经让我在摩登时髦的人群里难以出类拔萃，但这并没有丝毫影响我昂起头颅做一个真正的人。

在城市里流浪了十个年头之后，我突然感到，做个农民是幸福的。

我喜欢农业给我的"土气"。

在那些淳朴、简单、愚纳、勤俭、真诚、勇气和热情里蒸发过、淘洗过、夯实过、修剪过的人和事物，是生命的一种上升，是"格"的一种茁壮和健康。

农民就是活在农作物之间，在天之眼皮下、在地之肚皮上朴素地生长，平静地收获和死亡。

正是这种朴素和平静，让农民自由自在地活在大地的心上。

——这是一颗平常心。

在城里，我总在思考，人大部分时间都是活在自己的心的外面的——权力、金钱、名誉、美女——在外面的时候，他们或者她们不知道这一切叫作——虚荣。但应该说有时候他们或她们也很想活到自己的内心里面去，却经受不了外面的诱惑，自觉或者不自觉地就走出了自己，而一辈子活在自己的心外，到老了或者到头了才知道，一辈子没有活出个人样来。

农民不会。

农民或者说农业，是一种阳光、空气和雨水。

是高粱、水稻和蔬菜。

天天靠汲取这些作物营养成长生存的城里人，平时很难想起农民的好处。就是有人偶尔想起，那人自己或者父辈，肯定曾经有过这方面的劳作经历，那也只能叫作怀念。

城市的孩子不知道馒头是小麦的"果实"，不知道小麦和农民在大地上的关系，我不知道这样的文明还要持续多少年？这对孩子是不公平的。

真正的农民是没有技巧的人。科学似乎离他们也很遥远，他们有的是经验，尽管经验也被人们叫作科学。但经验是技术最原始最科学的积累，却往往又被后来的科学所破坏。没有什么比水土变质，更能说明有一些科学和文明将会使人类社会走向衰落。

人类破坏自然的罪恶，就是科学和文明的另一张脸。

蔑视农民蔑视农业，就是这样的一个标志。时间会证明这一切。

对农民的轻视，是人类自身的一场灾难。

大地上的事情和真理一样，简单得一说出来就明白。可往往是，人们都明白的事情，只有极少数人进行过深深的思考。

农民就是贴近大地并深深思考的一种庄稼。只不过他们思考的工具是镰刀、锄头和犁……

农业是人类的母语，人类通过它和大自然进行沟通，并达到和谐。

我在写这些歌颂农民歌颂农业的文字的时候，我已经不是农民，我在城里。但我会记住，我是农民的儿子。我写这些像禾苗一样参差不齐散发着土性的文字，不仅仅是怀念农民、怀念乡村和大地，而是在感恩——农村赐予给我的那与生俱来的生命的本色和做人的方式。

秋声赋

1

一团火。

一地禾苗。

"野火烧不尽，春风吹又生。"一首古诗就这样在"秋"里诞生。

2

我无缘无故地就喜欢"秋"，就像喜欢一幅画、一首诗。

秋是一面镜子。

与秋对望，什么话都是多余的。

秋波，就是心灵深处发生的地震哟！

秋，爱之阳光。

3

秋，以季节的方式出现，

以收获、从容、宁静、豁达、淡泊的方式告别。

秋是大象无形、大音无声、大足无痕的田园隐士。

4

一叶知秋。秋是大地的一种容颜。

老气横秋。秋是人类的一种心境。

5

在乡村和大地之间，秋，是一个最形象最生动的词汇。

与牛与牧歌与庄稼与农夫与草帽与镰刀与蓝天白云与汗水与放风
筝的孩子，都是一张朴素的挂历。

6

农民守望庄稼，就是守卫秋天。

面朝黄土背朝天。农民用这最古老最优美的姿势，表达着对秋天
的虔诚和感恩。

秋天是农民膜拜大地的最好日历。

7

阅读秋天，就是阅读生长的过程。

庄稼拔节的声音是对大地经久不息的掌声。

成熟在秋天的怀里，就是跪在母亲的乳房前吮吸。

8

秋天热热闹闹地把农业赶进了谷仓，就像母亲赶着鸡鸭牛羊入圈。

秋天把灿烂的喜悦，阳光一样均匀地晾晒在农家碾满沧桑的稻谷场上，这是农民另一张金黄的脸。

从那脸上落下的每一颗汗珠，都是一颗饱满的种子。这是秋天高兴时笑出的泪滴。

哪一滴，都是我生命里的金子。

9

秋，把果实还给劳作的人们，把叶子还给大地。

秋，是一个懂得报答的儿子。

"妈妈坐在家乡的矮凳子上想我"。海子的母亲在儿子的诗歌里"面朝谷仓/脚踩黄昏"。那也是我的妈妈和故乡。

秋，就是坐在家乡矮凳子上的女人。秋是春、夏和冬的母亲。

我母亲坐着的矮凳子上，至今还有我儿时长长的鼻涕。一想起她的慈眉善目，雨就从秋天落下，砸在我的心上。在异乡，我常常用她洗面。这也是我的脸上为什么总是干净、从容、微笑的原因。

10

秋天是一支曲子。
秋的旋律，就是天地之间的声音。
我能听见，秋风中的飞扬。

大水有道

水总是从高处往低处流。

人总是从低处往高处走。

其实，这只是，我是说，这仅仅只是人所想的。水从来没这么想。

人总是觉得水的流动是无意识的，是根本没有目的的；而人是有思想有目的的。人在说这话的时候，一般都是用来教育人的，把水当成一个反面的教材，仿佛水是不足道的。

而人心中的"高处"是什么呢？无非是权、钱、名、利罢了。人要走或者要追求的所谓"高处"，是世俗的高处，并不是理想主义的。而水偏偏逆人道而行之。自然就是人批评的对象了。

只有一个人说——高处不胜寒。也只有少数人应和，绝大多数的人往往是"身在此山中"了。"高处"的面目因此也只有很少的人看得真切了。

而水，看得真。

水，是一面镜子。

任何人都不可能和水比。人定也胜不了水。

翻翻历史，鲧也好，禹也罢，父子俩治水的经验，是最简单最深刻的例证。水就是这样一头不温不火不紧不慢不卑不亢的"动物"。

堵它，或许你今日好像是堵住了，其实它正顺从着你的意愿绕你而去，你消灭不了它，它仍然在走它的路，你堵不了它。水是有眼光的"灵长"，它眼光的长远，人往往也很难企及，大有"君子报仇十年不晚"的味道。

水的这种宽容、大度、勇气和毅力，让人无法琢磨无法捉摸。人一辈子学到水这本领的没几个。

水是大道，是非常道。

水和自然界和人类都是朋友。但和水最有交情的，只有时间这位兄弟。

时间是一种大水，在世间流动。不同的是，水是从人眼皮底下流过去的，而时间是在人生命漫…漫…漫…过去的。因此，水流动你看得见，时间的流逝你往往都感觉不到，就更不用说看了。

水和时间，是两条不同又相同的河流。

人，往往是在时间的河床上不停地攀向"高处"，又一代一代被时间像水一样漫过，淹没，甚至连伸手呼喊一声都来不及。

世上，除了时间，没有什么救命的稻草。因为稻草也在水中生长和死亡。

"逝者如斯……"孔夫子说，水是有德有义、有道有志、有勇有谋的真君子，它能晓人的立身处世之道，安可不观！

水是大佛。

水无语。

水向低处流。水的低处是人的另一种高处，而且是人无法达到的高度。

我总私下里觉得，水的流向，是对人的一种暗示。

消逝的风景

在我北京蜗居的背后，院墙外马路的西侧，是一块十分空旷的菜地。初来北京的时候，我对这块菜地的存在表示惊异和怀疑，寸土寸金的北京怎么还有这么一块"自留地"？

惊异和怀疑之外，菜地的确真实地存在着。春夏秋冬，寒来暑往，菜地在菜农的侍弄下不断翻新，白菜、萝卜、辣椒、茄子、豇豆、玉米，红红绿绿，纯粹十足的农村田园风味。这在高楼大厦像游子乡愁一样疯长的都市，无疑成了一道稀罕的风景。城里人可能浑然不觉，但对像我这样从小就在农村泥土里摸爬滚打，和庄稼一起捉迷藏一起嬉笑打闹的农家子弟来说，似乎从中找到了乡愁的归处，情感的底片在这散发着泥土芬芳的菜地里一次次暴光。

这片菜地的西面是丰台花园。东面就是我居住的大院。据说，20年前，我们大院在这片土地上建筑的时候，北京丰台有关部门准备连同这片菜地一起，划给我所在的这个单位。但当时的领导考虑到"面积太大，不易管理"，还是只留下东面靠近马路的这一半。这项决议到了今天，却引起了现职干部们的责怨，因为院内已经没有了盖新房子的地皮。或许正是因此，西边的一半土地很长时间没有了着落，于是当地百姓就将它做了菜地。这却也给茶余饭后的市民留下了一个纳凉、散步的好去处，老太太们拿着剪刀来挖野菜，老爷子们提着马扎坐在这儿放风筝。结婚后，我和妻子就经常携手在菜地散步，谈天说地，诵诗唱歌，听听庄稼拔节的声音，看看菜农们辛勤劳作后幸福的笑脸……

　　种菜的农民大多来自山东、河南，因为天天来，所以我和他们渐渐地都混熟了。有时图个新鲜，也在他们那里买些空心菜、白菜、老玉米什么的，用老乡们的话说这是"绿色食品"，没有用"催长剂"和化肥。如果晚上空闲，我和妻子也弯下身子，和菜农们一起劳作，帮他们干点拔草等轻巧的活计，或者从菜农那里借来剪刀剜一些他们不吃的野生马齿苋。淳朴的菜农老乡也经常大方地送给我们一些新鲜的蔬菜，但我们总要客气地付上菜钱，绝不能让付出汗水的他们吃亏，有时还故意高于市场价格付上，图个大家高兴。碰上他们再三推脱，第二天我们也会变相地给他们上中学、小学的孩子送上一些纸、笔和胶卷什么的。而我们这么做，并没有什么特别的目的，只是为了寻找那么一种很好的久违了的感觉，因为我也在农村长大，是一个农民的儿子，知道播种与收获都来之不易。而在我心灵的深处，似乎也生长着这么一片菜地，走在菜地里身上就有了一种亲近土地、重温土地的温暖，就有了回到故园、回到父母身边的亲切。

　　在城里住久了，我们在钢筋水泥铁门铁窗的包围中，就滋生了许多说不清的毛病，比如浮躁、冷漠、多疑、嫉妒……甚至纵恿了我们肤浅要命的优越感和健忘症，忘了自己的"根"本来就扎在这深沉的土地里。我之所以爱这片菜地，其实也是在和日渐"城市化"的自己做斗争啊，希望自己永远保持土地赐予我的淳朴、宽容、简单、正直和谦虚的本色和品格啊！

　　妻子怀孕后，我们到菜地散步成了每天傍晚雷打不动的"必修科目"。我跟妻子商量，等孩子出生以后，我们也要经常带他到菜地里来，看看蔬菜等农作物的生长过程，体会一下田间劳作的艰辛，这该是一个多么好的"艰苦奋斗"的教育基地啊！妻子也十分赞同我的观点，在北京有这么一块菜地，陪伴着孩子的成长，该是一件十分美好的事情。

　　然而，就在妻子快要生产的时候，没有想到这块菜地很快就被一辆辆黄色的挖掘机、推土机和翻斗车所占领。它们开进了菜地，一上午的功夫，就把绿色的菜地变成了一片黄土地，又过了不到一月的工夫，四个几十米深的大坑里筑起了地基。不再有辣椒、茄子、白菜和老玉米了，不再有躬身劳作脸面黝黑心灵淳朴的菜农了，不再有放风筝的老爷子们了……这一切都成了永远消逝的风景了，儿子天然的"艰苦奋斗"教育基地也随之化为乌有，只能是我和妻子心中永远的一个梦了。

如今儿子快两岁了，爱东奔西跑的他怀着对汽车特有的情结，天天要拽着我们去看曾是菜地的工地，要去看高大的吊车和形态笨拙干活灵巧的挖掘机。而我面对已经拔地而起的四座高楼和正在建设的建筑，不禁黯然神伤，我以为我能找到一个亲近土地的"良园"，我以为能为儿子找到一个认识劳动和庄稼的机会，但却没有想到菜地就这么远离我而去，在水泥路面上再也找不到一丝痕迹，而且是这么的突然、这么的迅速、这么的无影无踪。

其实，在我的心中，消逝的何止是这一片菜地呢？而我不到两岁的儿子，他又怎么能知道在这高楼大厦的下面曾经是一块菜地呢？怎么能知道他的父母曾经有过用这片菜地来告诉他做人与做事的道理的想法呢？

同是十九岁的别离

要当兵离开家了。

母亲围紧了劳动粗布围裙，跑前跑后细心地为我整理一件又一件的行装。她甚至不肯让穿着神气活现的水兵服的我插手。

我知道，母亲是舍不得我的，我看到母亲的眼睛是黯然的，并不如以前所言的那样希望我离开她，似乎这一去就是天涯海角，难以相见似的。她怀里，我依了十九年啊！

可军令如山，接兵的首长已经到了。母亲坚持着，送我到车站，一路细碎的脚步里并无多少言语。出发的鞭炮锣鼓响了，我车前印下的最后一眼，是深秋里母亲微微飘动的白发。

白发，是的，母亲已经六十多岁了。四十年前，我的这头黑发应该是她的。

那一年，母亲正好十九岁。她的十九岁同我的十九岁一样，也有过一次大别离。

那日，天是晴和的，在母亲家乡——津浦铁路旁一座小镇的人们的眼中，流动着的却是白色的恐怖和血腥的风。当第一声死亡的怪叫呼啸着掠过人们的头顶，当日本人的第一颗炸弹在小镇的地面爆响之后，年轻的母亲和许许多多的同胞们一齐明白了，明白了他们将失去的是他们的家园。

于是，母亲开始了她这一生中最长的一次别离。

家，连同她的父亲和小镇，没能容我母亲匆匆回首一次，就在鬼子的弹药里起了火，在她腮边的泪花里化为灰烬了。

母亲和父亲一起逃亡，向着南方，逃到父亲的祖籍，逃到二十四年后生下我的这个小村庄里。

母亲十九岁的梦，就这样像一道七彩的虹在那一次大别离中随硝烟散逸了，再不回来。

那一年，母亲说她正好十九岁。与今天的我正好同龄。

列车，不快不慢地向前行驶着。我知道，我是离母亲越来越远了。

在我离别的泪花里，是母亲历经沧桑的白发、平和的风、平和的故园风景。

我读得懂，母亲给我背包里塞进两条故乡方片糕时的那一阵沉默。我知道，我该好好利用我的十九岁了。

是啊！十九岁，不容想象该是如何完美的生命，我毫无理由使它黯然失色。

窗外，闪过的，是一排排庄严的杨柳，一块块空旷的秋田和一座座俨然的村庄。我的思绪，在故乡那宁静的空气里悠忽着，我忘不了临行前母亲的那一阵沉默！我知道，母亲的沉默，是要我慎重地选择一条路，慎重地选择一种走路的姿态。

在儿子十九岁的别离中，母亲一定想起了戴着"右派"帽子去改造的父亲；想起了"自然灾害"的日子里迫不得已送给别人收养的二哥。

那，也是两次别离，更是两次付出！母亲的白发和皱纹，就是她一生付出的记录啊！以至她那憔悴的身子有点弱不禁风，可她是无愧的。

她和许多的母亲一样，虽政治文化水平不高，可是母亲拥有一颗朴实、善良、慈爱的心，她用忠贞用热诚用艰辛用勤劳用贤惠创造了一个奉献者的形象，让世上所有的儿女都百感交集。

今天，母亲是再一次付出了。她把她最心爱的儿子，送给了阳光下最伟大最光荣的事业——国防事业——和平事业。

我会的，会珍惜母亲这片付出的。我从"军人"二字上理解了我的责任，我要让军人的身份增加我做人的高度，我要让我军人的身躯为母亲铸造一枚金色的太阳，给她一份年老的安逸和对美好未来的憧憬。

列车，在不知不觉中驶进了一个小站，停住了。我的思绪随着上下车的人流而悠忽到眼前的风景——我正对面刚上车的那个红衣女孩，正探身向窗外话别，独自占尽了一个窗口……

我想，窗外，也是一位母亲吧？

母亲：回忆是一辈子的事

我要告诉你，这个满脸皱纹、老掉牙的瘪嘴女人是我的母亲。

母亲姓张，她有一个十分美丽的名字。没经过母亲的同意就私自把她的名字告诉你，不知是不是对她的不尊重？母亲叫淑兰，这个名字是后来办居民身份证时我才知道的，她从没告诉过我。今天我告诉你，我想母亲不会责怪我，因为我要全世界知道她是我的母亲。

母亲在她四十三岁那年生下了我。她絮絮叨叨地告诉我的时候，我已经上了初中。其实，在此之前，她曾多次讲过，只是不懂事的我从未用心记过罢了。和今天的女人相比，我想，到了母亲这般年龄，谁都不愿再生孩子了。因此，每次听隔壁的老奶奶说母亲是喝稀稀的荞麦汤生下我的时候，我就觉得我对不住母亲。那时我坐在昏黄的煤油灯下读着课文，恰好读到朱老总的《母亲的回忆》，我就抬头看着母亲。她坐在火红的灶前，爬满蚯蚓般皱纹的脸，一双因烟熏火燎而经常流泪红肿的脸，粗糙的手正拿着火钳往灶口里添柴火。母亲正在给我做上学的咸菜。

我说：妈……

妈继续在锅台边忙上忙下，没注意我的表情。那时她只顾给儿子烧她腌制的咸菜，她可能在想：当儿子在学校津津有味地咀嚼咸菜时，肯定会想起他的母亲。母亲就是这样体味着做母亲的幸福和满足。当我再次读《母亲的回忆》时，我总觉得自己忽然对"母亲"这两个字有了更深的理解：母亲，这两个字是一个被我喊作"妈"

的人……

母亲是个生活在回忆中的人。她过去的每一件小事几乎都让我听得耳朵起茧。无边地回忆和静静地诉说仿佛是她唯一的生活方式。在那些闪烁煤油灯花的日子里，我知道了一个女人苦难的一生。遗憾的是那许多写满母亲辛酸的沧桑故事，大都让我当"耳边风"一吹而过，让我记下来的并不多。她说她做姑娘时，和小女伴们去山里采山楂、打野枣、扳高粱的趣事，讲鬼子进村时和村里人跑返、东躲西藏的冒险经历，让我听得既崇拜又神往。后来，她叹了口气。这是农历五月的一个夜晚，一家人正在吃饭，我与小我一岁的侄女坐在她的身边。她端着碗中的白米饭说，就是三十年前的这个夜里，大哥偷偷地从学校带回两个黑馒头，冒雨走了十几里路赶回家对母亲说："妈，今天我回家过生日"。可家里连下锅米都没有，母亲含泪将所剩无几的荞麦粉煮成面糊，可娇小的姐姐还没等面糊冷却，就将手伸进滚烫的锅中抓着吃，一下子烫得哇哇直哭……母亲又叹了口气说，那个日子难啊！

我和侄女似懂非懂地点点头。

母亲任劳任怨忍辱负重，是个勤劳善良纯朴贤惠的好女子。母亲和父亲的婚姻不是很美满，新婚之始，父亲对母亲就不好。后来，父亲当兵去了，再后来，父亲划"右"派被劳教劳改，"文革"中又一直受挫。因此母亲一辈子受了不少苦，一辈子一个人默默地承受。直至到了这几年，儿孙满堂才算轻松了一些，父亲也才感到作为丈夫他欠了母亲许多许多……

母亲是个极细心的人，干活极精细，每次吩咐我们做什么事，在我们做好之后她都仍不放心，又重新去摸摸整整，因此，母亲并不是一个麻利的人。我们上小学时经常因母亲做饭太晚而迟到。为此我们母子间拌了不少嘴，我埋怨她，她就说我不懂事不孝敬，而三哥总是沉默不语，有时拉着我饿着肚子去上学。放学回家，母亲又舍不得我们，每次都伤心地安慰我们："是妈不好，下次我做早一点"。每次看她疲惫又可怜的神色，我总是有些不忍。

头痛是母亲的老毛病，发作起来，就躺在床上不停地呻吟。我们劝她打针吃药，她不肯，非要请乡里人用绣针挑。我有时就烦，不去叫，她就伤心地流泪，说你们读书读到脚肚子里去啦白养你们啦之类，让我十分烦躁。此时母亲总提起我六岁时的事：那是个下大雪的冬天，母亲带我从百里之外的姐姐家回来，汽车半途上丢下我们母子俩，几十里的泥泞雪路，我固执得不让母亲背一肩，一直走回家，一双新棉鞋全部踩烂了……母亲每次提起这事都夸我小时候孝敬她，总会露出一脸满足的笑容。当兵第一次探家也是在一个下雪的冬天，等我千里迢迢从遥远的北方一脚踏进家门，母亲却躺在床上，她的老毛病又犯了，不停地呻吟，让我为她心疼，鼻子酸酸的。可母亲第二天又下地干活了，心情开朗了许多，至今我也弄不明白这个谜。也许，儿子——这块母亲身上掉下来的肉，对于母亲本身就是一味能医治百病的良药吧？后来，听隔壁的那位奶奶说，我刚当兵那阵子，母亲在床上躺了一个多礼拜。儿行千里母担忧，我不知道我可怜的母亲在我离开她的日子里，独自流了多少思儿的泪水，但我知道现在每次离家时母亲不再流泪，总是赠给我一脸的微笑，我想母亲的泪大概已经为儿子流干了吧？

母亲没读过书，自十六岁嫁到丁家，一辈子除了劳动还是劳动。但母亲"目能识丁"，能认识父亲和我们兄弟几个人的名字。有一次，她看到报纸上我写的文章，硬要父亲读给她听，那是我写的一篇散文《母亲的思念》，她听着听着，挂着美丽笑容的脸上不知不觉中又挂上了两行不相交的老泪，母亲哭了……母亲从未这般哭过。据父亲讲，母亲的嗓子很好，可母亲难得一唱，偶尔听到过几次，也像蚊子叫似的，让人不可捉摸。这次回家，我和侄儿打开录音机，年近古稀的母亲站在一旁说："那个姓毛的小伙子唱的歌好听"。侄子告诉我，母亲喜欢毛宁的《涛声依旧》。母亲爱听《涛声依旧》？一向对流行音乐反感甚至厌恶的母亲怎么会喜欢上《涛声依旧》？何况她不识字，更不知歌词所叙述的故事。我又惊又喜，甚至又觉得有点不可思议。人年纪大了，总喜欢怀旧，母亲或许是在那支婉约的曲子里倾听自己漫漫人生长河中的涛声吧？

母亲是极易受伤害的人，又是极易满足的人。去年冬，女友给她

血肉青铜

织了一顶绒帽，她可乐开了，天天戴在头上，说在嘴里，喜在心里，那份满足感好像又添了一个小孙子。母亲老了，早就想照张象样的相片，这次回家我实现了她的心愿。母亲看着自己儿子给自己拍的彩照，一口气说了好几个"像！像！像！……"

看着相片上的母亲，沧桑的脸上满是慈祥的微笑，她身后的牵牛花正热烈地开放，用心灵尽情奏响生命的乐章。此时，我忽然想起一句话——

回忆是一辈子的事。

母亲也是。

想起父亲

总在不经意间，想起父亲。

想起父亲，就想写写父亲。

已古稀的父亲，中等身材，不胖不瘦，一身半新不旧的中山装，非常的整洁，每一个钮扣都扣得规规矩矩，连领口的风纪扣也一丝不苟地扣着。太阳穴上的头发已明显地花白，国字型的脸上和额角爬满沟沟壑壑的皱纹，面色却很红润，精神矍铄，黑眼镜框后的那双眼睛不算大，但能闪闪地发出一种光芒，撒谎的孩子最怕他这目光。突出的泪囊包含了他一辈子辛酸的泪水，几点褐色的寿斑恰到好处地洒在那饱经风霜的脸上，让人感到岁月的沧桑和深刻。

我是父亲最小的儿子，在哥哥姐姐中我是最多享受父爱的人。父亲喜欢文学，经常写点古体诗歌，因此我受父亲的影响特别大，以至今天走上"舞文弄墨"的道路，我便常有文章见诸报端。家乡人历来把文章的张扬，看成是一件光宗耀祖的事。在他们的眼里，能写文章就是有学问的人了。为此，年老的父亲也特别感到欣慰和满足。假如有什么学校的老师、乡村的干部或者亲朋好友到我家吃饭，父亲就要把我搬出来讲个不停。末了，父亲总不会忘了说上一句："哑子（我的乳名）有今天，小时候我也没少教育……"此时，别人总会附和几句恭维的言辞，无外乎都是对父亲的赞颂，这也是父亲最高兴的时候。

去年探亲回家，父亲见我一身戎装，很是威武精神，便非要我陪他四处走走。在父亲看来，在外有点出息的儿子陪他走走是一件很风光的事。除夕那天，父亲写下一副对联，说要和儿子共勉：

> 陋室室陋人莫陋，
> 寒窗窗寒情不寒。

看着憨厚仁慈的父亲，我好感动，他是在教我们为文和为人的道理啊！父亲用心良苦。我也随即回赠父亲：

> 夕阳无限好，
> 只因近黄昏。

父亲读完，对我改"是"为"因"，赞赏不已。晚上非要与我痛饮三杯，酒过三巡，父亲若有所思地说："知我者，我儿也。"显然，父亲有些醉了。

父亲幼年丧母，少年丧父，相依为命的祖母在他十七岁那年又撒手而去。从此，父亲独闯天下，走南闯北，一辈子历尽磨难。他脸上那已被皱纹埋没的两块刀疤就是最好的记载。谈起刀疤，父亲至今对日本人仍义愤填膺，怒火中烧。那是一个下大雪的寒冬，被抓去当苦力的父亲，因拒绝给日本鬼子洗小孩的尿布，惹火了鬼子，那个叫龟井的少佐当即举刀迎面劈下，手无寸铁的父亲来不及一声嘶喊，便倒在了血泊之中，倒在了民族的悲惨、耻辱和苦难之中。那一年，父亲年仅十一岁。

父亲大难不死，幼小的心灵里更激发出一种不屈不挠的气概，这也可以说是一种民族精神吧。从此，便集合一群穷苦孩子，成为津浦线上的"小铁道游击队"，爬火车，打鬼子。因此，父亲养成了疾恶如仇，爱打抱不平的性格。一辈子，缺德损人的事不干，伤天害理的事敢断！一辈子，吹牛拍马的事不干，伸张正义的事敢上！解放前，就曾为一位因不忍婆婆折磨而投水自杀的媳妇伸张正义，为一家受地主欺辱的穷苦人讨回公道，因此闻名乡里，地主老财也怕他三分。

父亲吃了一辈子苦，但一辈子不消沉。在一九五八年到一九七九年的艰难岁月里，父亲和许多受迫害的人们一样，"勇敢地在信仰的祭坛前作为牺牲，虔诚地在灵魂的炼狱中忍受煎熬，像圣徒一样享受着悲壮，瞻望着辉煌，渴求着救世，期待着承认。"而立之年，父亲带着"反革命罪""资产阶级当权派"等五大罪状，"莫须有"地走进了劳改农场。六年残酷的折磨使父亲下半身全部瘫痪，濒临死亡的边缘。可父亲依然乐观自信，并开始学习写诗、作对联，在苦难中找到了生活的乐趣和勇气，竟奇迹般地战胜了病魔。他至今仍清楚的记得这么两副对联，一副是：

火烧芦苇，阵阵浓烟从地起，
雨打荷叶，颗颗银珠自天来。

另一副是：

狗屎辣椒朝天长，
牛卵茄子顺地拖。

这都是父亲在劳动之余和狱友互对的，水平虽然不高，可也是"深浅皆有趣，雅俗共欣赏"。想想看，一个人在那种悲苦和残酷的生活中，能依然保持这样一种乐观的情怀，该是多么的伟大和不易！

而给我印象最深的，是我八岁那年冬天亲身经历的一件小事。那天，我正在雪地里玩，大队长递给我一张纸条，叫我送给父亲。不懂事的我欢天喜地得像拿着"圣旨"似的跑回家，傻乎乎地递给父亲。谁知父亲看后脸色突变，把我吓了一跳，以为父亲要揍我。只见父亲二话没说，在纸条背面写上几行字，又叫我马上送回去。多年以后，父亲和我说起这事，我才明白——那张所谓的"通知"是叫父亲挨家挨户的送发肉票。天寒地冻，全村几百户人家，方圆三四十里，已过天命之年、身体本来就不好的父亲怎能受如此的折腾？父亲拒绝了。大队长也深知父亲刚直不阿、不卑不亢的性格，从此不敢再找上门来。父亲因此也少吃了许多皮肉之苦。

父亲一身清白，胸怀豁达，淡然到老。平反后，那些当年曾批斗过父亲的人每每路遇父亲，总是远远地躲开，或绕道而行。可父亲看到他们总是远远的就热情地打招呼。为此，母亲和我们都埋怨过父亲。可父亲总教育我们说："过去的就让它过去吧。"一九七九年九月，父亲重返教坛，一直干到六十五岁，因政策规定，才依依不舍地告别讲台。记得当时乡教委把这个消息告诉他时，父亲还一再要求继续发挥"余热"。可教委的同志告诉他："丁老啊，您退休的文件去年就下发了，我们已经瞒了您一年多，才忍心告诉您啊！"父亲听后感动不已。从小到大从未见过父亲流泪的我，突然发现父亲已经是老泪纵横……

父亲老了，可父亲的坏脾气也是远近闻名的，这可能和他坎坷的生活经历有关。特别是退休以后，劳苦大半生的父亲骤然赋闲下来，一向颇有规律地生活着的父亲，便显露出一种无事可干的不知所措，情郁于中，难免为一些生活中的琐碎小事而大发雷霆。可能因为遗传的缘故，"犟"脾气的我面对父亲近乎挑剔的训斥，总是没头没脑不知轻重地给予"回击"，因此我自然成了父亲的"出气筒"。其实，我也知道，父亲是爱我的，只因在他的眼中我永远是长不大的小孩罢了。现在时时想起往事，因为自己的无知而占有父亲的精力，剥夺他的时间，消耗他的生命，还任意地利用他对我的爱，而泛滥自己的鲁莽和任性，实在悔恨不已。

父亲七十有余，还住在下放时那个偏僻的乡村。如今，父亲真的老了，对世界已无太多的奢望。为了我的志向和追求，父亲毫不犹豫地打发我走进军营。每次来信，父亲在信中总要写上几句："一定要保持勤奋苦学的优良作风，发扬博爱为公的光荣传统，为党为国为人民做出自己的贡献。"句句虽属大道理，可我却能切实感受到父亲并不是在对儿子喊什么政治口号，更不是追求什么名利，而是发自肺腑的对儿子的期望和鼓励，丝毫没有给我"假、大、空"的印象。每每读到此，我心头总有一股热流通过，浑身火辣辣的。

前几日，父亲寄来他回忆录《风尘曲》的手稿，并随信寄来十年前他六十周岁时就为自己预写的挽联：

新尸尚有益，切莫入土，让名医精心巧手粗劈细剖，
寻病源找菌根，取真经更好为民救伤扶死；
枯骨不须留，可以化灰，劝下辈移风易俗破旧立新，
除迷信树雄心，创奇迹最宜济公裕后光前。

并在信中叮嘱我："晓平：父亲被你的一片爱心所动，才忍腰脊疼痛，写下我的《风尘曲》，姑不论它对你有无教益，但可以说是我爱子之心吧！分几次写的，不够工整，在此说明，勿以为怪。"

捧读父亲的来信，我好想流泪，双眼模糊，可父亲的形象却越来越清晰。让我想起每次探家归队时，父亲送站的情景——父亲站在站台上，不停地向我挥手。我是离父亲越来越远了，父亲也慢慢地在我的视线里消失，剩下的只有我空虚的想象。而父亲呢？他该怀着怎样的一种心情，独自一人，一步一步地走完四五里的羊肠小路，回到家中的呢？

寄自遥远的声音

——悼岳父

您不该得那种病：肺癌；您更不该这么早地离开这个人世，离开年轻的我们！

那是一个悲痛欲绝的日子，我起早风尘仆仆赶来看望您时，双脚还未踏进门槛，眼前的景象使我浑身被一种寒流贯通。面对缠着黑纱的相框中英俊的您，我拎着网兜呆立在那里，脑子里一片空白——在这一瞬间，我甚至还来不及产生出悲哀的情感。我真的没有流泪。我只是拎着网兜呆呆地站在那里——等我明白这残酷的无可挽回的悲哀确确实实地降临在我的头顶时，我知道：我来晚了。三天前的凌晨，您不停地默念着我的名字，悄悄地离我而去。

我踽踽地下楼，匆匆地向殡仪馆赶去。路上，车水马龙，这个平凡的世界仍在喧嚣在吵闹，然而它对于我却已经是残缺的了。不知怎的，我憎恶起这个世界来，我憎恶它的强大和永恒，憎恶它的不公和冷漠，憎恶它那无情的对于生者和死者的蔑视。可我仍然没有哭。这个残酷的事实像巨石一样压在我的精神世界之上。我不知该为何而哭也不知该怎样哭。

半路上，正好碰上女友康挽着岳母和亲友们出殡归来，看着戴着黑袖章的亲人们，我清醒地感知这种无法言喻的哀痛只能深深地埋在心底。

回到家中，康小心翼翼地捧出您临走之前赠给我的诗：

五年五次情谊浓，
人品高尚在心中。
来日君展宏图日，
含笑九泉一老翁。

　　康还轻轻地告诉我："爸爸说，'康，我已见不到晓平了，你要把这亲自交给他，我把你交给晓平，也就放心了'……"康鸣咽着哭了。读着您的诗，看着那苍劲有力的行楷，我能想象得出您是如何忍着肉体上和精神上巨大的痛苦，写下这短短而充满信任的诗行的。这让我想起半月前我来看您的情景。我记得那时您精神上很好，还经常和我们谈往事谈人生谈生活谈社会，有时还下床亲自给我做您的拿手好菜"红烧肉"，您自己不能吃，总叮咛我："晓平呐，多吃肉，你客气，我心里不好受啊！"您还说："我要坚持再过一个年，和你们好好热闹一下，做些好菜给你们吃！"现在回想起您那因病痛而发出的低沉而近似鸣咽的苍凉之声，真让人心寒。

　　然而，谁又会想到，半月之后当我再次来看您时，您竟这么快的离我而去，直接奔向了生命的终点呢!？在您的墓前，岳母诉说着您的往事：去年七月，在武汉您被确诊为肺癌晚期，倔犟的您拒绝用公费进行化疗，而是回家用中药调理，心里面仍牵挂着我考军校的事，说"晓平考上军校肯定会回来看我"。可我由于公务繁忙，站好最后一班岗才到军校报到，没有回去看您。岳母还说，五年前康第一次带我上门，您就喜欢上了我，说我是个好男孩，有才气重感情……

　　这时，我才喷出哭声来。一下子跪在黄土地上，跪在您的面前，发自肺腑地喊了您一声"爸爸——"您听到了吗？我拼命地攥着黄土，可是您什么也听不到了，连父亲托我带给您的第一封信您也看不到了。十天前，父亲就一定要寄封信给您，而我却执意过些日子带给您，为此父亲和我吵了一架。谁知道，信带来了，您却已离我而去。我真的好恨我自己啊！如果您看到了我父亲的信一定会得到许多快慰，或许也不会这么快的离我们而去啊?！

只有在此时，我才知道您究竟从我心中带走了什么，才知道我究竟失去了什么。我看到过一些长辈、亲人、朋友的死亡，也体验过痛苦和悲哀给我带来的那一份心伤。但是，我从来没有体验过眼前这种无情的突如其来的毁灭性打击所引起的精神世界的剧烈痉挛。男儿有泪不轻弹，可此时此刻，除了痛哭之外，我又能够说些什么能够做些什么呢？

只有在此时，我才知道每一个在平凡的世界中行走人生的人，是那么的渺小而又伟大。伯父英年早逝，在人生之旅上只走了五十多个春秋，可您作为一名医生、作为一个丈夫、作为一位父亲，对社会对妻子对子女所倾洒的一切，绝不会因您生命的终止而消逝。我从躺在病床上的您的身上看到您的坚强和伟大，在患病的几年中直到生命的最后一刻，您从未因病痛而呻吟过一次，那曾是一个对眼前世界满怀希望和思索的正直的男人呐，是一个在苦难的人生中仍在寻找辉煌点的可爱的丈夫呐，是一个将生死置之度外而拼命为儿女操心的仁慈的父亲呐……

您实在太累了，太累了……是因为太累了才忍心含着巨大的悲痛离我们而去的吗？……不，不是！绝对不是！

您无忧无虑地来到这个世界，却有牵有挂地走了，来也坦然，去也坦然。然而，您却走得太急太匆忙，我连最后一面也未见上。我知道，自己这次欠下的情义是无法弥补的了。但是我又暗自安慰自己：也许没有见上面更好一些。我愿永远保持您那坚强、正直、谦虚、勤俭而朴实的形象，在我的心中。

在这遥远的都市，避开喧嚣和烦躁，静下心来捧读您在病中留给我的遗书，您仍如以前每次给我写信一样谆谆地告诫我："要在部队好好干，争取立功受奖。"可这封信的结尾却是刻骨铭心的："……我在九泉之下也为你高兴和祝贺。"读到这里，怎不让我心酸而泪下，怎不让我感到责任在肩，从而化悲痛为力量呢？

邮路遥遥，在那一个世界里，岳父，您该会听到您心爱的"半个儿子"这寄自遥远的声音了吧？

为了母亲的微笑

又是中秋了，浓了的乡愁终于无法稀释，丢开这片柔和的灯光，站在高高的阳台上，呵，母亲，您的儿子又站在遥远的江边，站在远离您的城市里苦苦地眷恋着您。此时此刻，鳞次栉比的楼房大厦——笼罩在圆月的衣袂里。默默凝视苍穹中这一袭人的皎洁，我真高兴，那支美丽的《月亮之歌》又轻轻地在我的耳边响起："……当我躺在妈妈怀里的时候，常对着月亮甜甜地笑，她是我的好朋友……"呵，母亲，您现在还好吗？

屈指一算，当兵也正好四个年头了。如果说在这一千多个日子里，每天都有希冀的话，那么我最大的期望莫过于看到母亲的微笑了。"说句心里话，我也想家，家中的老妈妈已是满头白发……"说实在的，在未当兵没有离开母亲之前，我从未用心地考虑过母亲的存在——这个疏忽使我一度感到可耻和悲哀。生活中我们最需要母亲的时候，恰恰是我们最容易忽视母亲的时候——或者说这时占据我们意识的往往不是母亲，而仅仅是母亲递过来的一杯茶水，替我们披上的一件衣服……少时读孟郊的《游子吟》，总被那可爱的诗句搅得心头热乎乎的。而今，在对那种深沉的情感有更深刻体味的同时，心底也萌生了几分忧伤。

母亲是个平凡的家庭妇女，她和许多母亲一样既没丰功又无伟绩，普普通通。然而，她坎坷的人生却足以让我骄傲一生。因此，每感到她的存在和付出，我就觉得母亲是如此的平凡而伟

血肉青铜

大。尤其是现在，当我离开她的时候，她的身体又不好，她是那样地让我思念。

母亲不识字，却是有文化的。这种文化充分证明了"劳动创造人"的光辉论断。母亲也就是在劳动中读懂了社会和人生。如今，母亲已是年近古稀的老人了，那布满鱼尾纹的眼角和爬满蚯蚓般皱纹的额头，就足以证明她所经历的沧桑和磨难。在那个疯狂的"雨季"，顶着"右派"帽子的父亲被迫劳改，风风雨雨中，飘摇不定的家像一只漂泊的小船，在母亲的支撑下，经过搁浅之后又划向了宽阔的航道……可那些家破人亡、妻离子散、夫妻反目、父子成仇的政治经历在母亲记忆深处使她难过，因此母亲很少微笑，从不强求什么，但经常有意无意地鼓励和祈盼我们参与政治，用她的话说："要当官，要出人头地争口气。"可是我让母亲失望，在高考中名落孙山。母亲并没有像父亲那样指责我，但我经常在夜里分明听到母亲的叹息，无奈中又带着一丝如释重负的坦然，这一声叹息会伴我进入梦乡。第二天见到母亲，她一如往常平静的脸庞，霎时让我分辨不出梦里的情状。我知道作为儿子的教育者，她的内心是痛苦的。

后来，我穿上了军装。当我打起背包离开家的时候，我看到母亲的眼睛是黯然的，并不如以前所言的那样很希望我闯出去。等我踩着故乡那下一点小雨就泥泞的黄泥巴小路，一步三回头地告别勤劳善良的父老乡亲时，母亲一下子老泪纵横，轻轻地走在后面，忍着不哭出声来，我年轻的泪水止不住地往下流……我怀着故乡人刻苦的禀性和砥砺成才的使命，投身于火热的军营，在书山学海之中勤奋耕耘，努力工作，在报刊上发表了一些文字，获了奖，还立了功、入了党，考上了军校。等我扛着耀眼的学员肩章，穿着神气活现的军官制服，叩开那阔别四年的亲切而又熟悉的门楣时，给我开门的正是我日夜思念两鬓如霜的母亲。母亲看到是我，开始一楞神，继而喜出望外，一手抢着拎走我的包，一手拉我进了堂屋，我一眼就看到挂在堂屋正中的是我的立功喜报。此时，我才发现母亲露出了一脸幸福的笑容，好像秋野里盛开的菊花，那么灿烂且散发出一种慈祥的光芒，一股暗香油然而生，沁入我心。在我的记忆中，母亲从未这般微笑过啊！我知

39

为了母亲的微笑

道，母亲的笑容是儿子写上去的，母亲的笑容将永远盛开在儿子的心中了。

来去匆匆，只在家小住了几日，可就这几日，我走亲访友，也难得和母亲坐在一起唠几句家常。又要分手了，只觉得有许多话不知从何说起，"妈，我会给您写信的。"而母亲却一再叮嘱我好好学习，不要挂念家里，希望我有更大的出息，给我的始终是慈祥的微笑。我突然觉得以往我最怕看到、又最使我揪心的母亲的泪眼，此时此刻却是我所企盼的了……母亲老了，为了我们，她付出了多么大的代价啊！在儿子还未意识到母亲存在时，母亲所充当的也许永远只是一个仆人的角色！可怜我的母亲，她做了我整整二十四年的仆人啊！母亲老了，古稀之年仍奔波在为儿孙们流汗的匆忙之中；母亲老了，每每想起遥在故乡的她，就会从心里感到一种亲切和安慰……母亲啊！是您给了我沸腾的热血、蓬勃的生命，是您给了我智慧、给了我灵魂和对未来的信心！

蓦然，一颗流星划过夜空，天宇显得神秘莫测，我倚在阳台的窗侧，怔怔地寻找着……过去的岁月就象流星般消失了，我离开了母亲温馨的怀抱，像小鸟一样在新的天地里飞翔。呵，妈妈，军营就是我的家啊！我的事业和未来不在您的身边，可我新的生活里却时时有您——在我因困难而颓唐的时候，在我因失败而泄气的时候，在我因成功而骄傲的时候，我就想起了您，想起您赠给我的那脸微笑，那是一朵多么美丽而有生命力的菊花啊，总是在我的身边灿烂地开放，永远启迪着儿子踏实地迈步于漫漫人生！

记得冰心说过：天下的母爱都是一般深浅的。我怎么觉得我尝受的母爱最深沉呢？有时，我真觉得应向有关部门提个建议："通令嘉奖母亲！"她和无数军人的母亲一样，论政治文化水平不高，可是她们那颗善良、纯朴、慈爱的心，她们那种任劳任怨的奉献精神足以感动天下的每一个儿女啊！

中秋前，又收到父亲的来信，说"你妈好想你，想你寄张相片给她……"此时，我才想起除了家中那张"全家福"外，就再也没有和母亲合过一次影。呵，妈妈，我该怎么对您说呢？我欠你的太多

血肉青铜

太多了。母亲，为了您的微笑，请相信：您的儿子会为自己有这样的母亲而骄傲，他一定会珍惜这大好时光，紧紧握住手中这支稚拙的笔，在稿纸铺开的行距间，踏踏实实地写下一些文字，认认真真地做人，给您疲惫而爬满皱纹的面孔，添几分耀眼的光芒。

大哥，你好吗

　　大哥叫雨生，这个名字是四十七年前父亲给他取的。据说，大哥出生那天下了一场大暴雨。

　　大哥的童年是在年轻的父母为生计而奔波的征程上度过的。记得上小学时语文老师叫我们写"和某某比童年"的作文时，我写的就是大哥，因为父亲曾给我讲过一段故事。那是大哥刚满周岁的时候，父母背着他逃荒。有一天，停在一个小客栈讨水喝，恰好碰上一个解放军。那军人见大哥生得可爱，就买了碗肉丝面给大哥吃。谁知饥不择食又未沾过荤腥的大哥吃得太多，把肚子给吃坏了，那军人也吓了一跳，又连夜开车送大哥去百里之外的医院看病。事情过去四十多年，但这不起眼的小事总是刻骨铭心。经至后来我当兵时，一直都舍不得我离家的大哥，因这件童年不起眼的小事也改变了自己的态度，鼓励我远行。

　　大哥十分聪慧，读小学时总是名列前茅。十二岁那年小学毕业考了个全区第一，却因父亲错划"右派"而被迫辍学。每每谈起读书之事，母亲总要往事重提，讲述大哥少年的读书之梦。那夜，大哥半夜摇醒母亲说："妈妈，我又梦到学校了，妈妈，我为啥不能上学？我考了第一，为啥不让我上学？"大哥边说边哭，一脸委屈。母亲泪流满面，她该用什么话安慰一个才十二岁的孩子？她无法对不懂事的孩子讲清这是为什么。母子抱成一团，好不心寒。

　　一九六〇年秋的一天，瘦成皮包骨的大哥去田间挖野菜。突然发现一只受伤的大雁落在眼前，大哥一下子扑上去，抓住大雁就兴冲冲的跑回家。母亲见大哥抓了一只大雁，乐得合不拢嘴，二哥和姐姐也高兴得手舞足蹈。因为那个日子仅靠野菜度日呀！可好事多磨。房东老奶奶知道了，逼着要房租；生产队长知道了，说欠的工分要扣过年粮……从城里下放到农村，没亲没故，无奈之中，大雁被分成三份，送给了房东老奶奶和生产队长，家中只剩下头爪之类。大哥见自己千辛万苦抓的大雁分给了别人，含泪埋怨母亲不心疼他们。可幼小的他哪里懂得人情冷暖呢？

据说我小时候长得白白胖胖，十分可爱，但家中困难，吃饭都成了问题。父亲就决定把我送人收养。等到那家人来抱我走的那一天，大哥死活不同意，他流着泪说："我就不信，多了一张嘴，就养不活了！"现在回想起来，如果不是大哥当年抱下我，我也不知自己现在姓甚名谁，身栖何处了。因此，对大哥，我一生都心存感激。

父亲平反后，我们有了读书的机会。没有读上书的大哥希望从我们身上找到他曾失落的东西。每每遇上困难，他就说："没有钱，我砸锅卖铁讨饭也要供你们读书！"大哥的支持和鼓励，给了我们很大的信心。后来三哥终于成了我们村第一个大学生。大哥欣喜之情难以言表。他杀鸡宰猪，宴请八方亲朋，好不热闹。可谁会知道大哥为此流下了多少血汗呢？我清楚记得，我家那三间老屋的所有梁木和椽子都是大哥从百里之外的天柱山上扛下来的。

为了家庭的富裕，这几年大哥远走他乡，奔波于大江南北，做些不大不小的生意。谁知由于太相信朋友，几年的心血一下子被人骗走。等到骗子抓获时，大哥的本钱已被其挥霍光了。

大哥幼年就开始尝到生活的艰辛，没有犁把高的他不得不拿起牛鞭扛起锄头，挑起生活的重担；青年时期，一个口号又一个口号劈头盖脑地迎面打来，这些都需要他以青春作为耗资啊。如今，快近知天命之年的大哥，把两个弟弟都送入了城市，自己却仍然生活在偏远的乡村，种那四五亩地，支撑着一个并不宽裕却很和睦幸福的家庭。而走在城市中的我却多了一份思念和牵挂——

大哥，你现在还好吗？

有一个姐姐是幸福的

在这个世界上，让我揪心一样思念和牵挂的女人，除了母亲之外，还有我的姐姐。

姐姐的大名叫爱虹，还是父亲过六十岁时我才知道的，那时我已经上了高中。此前我只知道家里人和别人都叫她"小毛"或者"小毛姐"什么的。

姐姐是属猴的，一九五六年农历九月十三出生，比我大十五岁。姐姐给我童年的印象似乎并不很深，小时侯我甚至感到姐姐在我的生活里是模模糊糊可有可无的。现在回忆起来，只有两个镜头仍十分清晰。一个是春天的上午，下着小雨，姐姐披着塑料化肥袋做成的雨衣、挎着筲箕带我在马尾松树林里捡蘑菇；还有一个就是姐姐出嫁时，哥哥挑着一个红床头柜和一个稻箩的嫁妆，把姐姐送嫁到一个离我家很远的叫作大洼乡汪大屋的地方，姐姐跟在哥哥的后面哭得眼睛红红的，那也是一个上午，我也跟在后面不伤心也不十分快乐地送走了姐姐，在我还不明白这是怎么回事的时候，姐姐已经成了"人家的人"了。这两个场景大概就是我五岁以前最深刻的记忆了，再往前，似乎并没有什么让我记得下来的。这很可能与我小时侯"懂事晚"有关。

姐姐在我们那个生产队是有名的好姑娘，当时村里人就曾给她和另外两个女孩编过一个顺口溜，我听说过，但现在记不得了。只因为受"右派"家庭的影响，姐姐从小就没有读书。而姐姐远嫁的那个地方，就是父亲错划"右派"去劳改后，母亲带着哥哥姐姐下放的那个地方。只是后来又因为大哥大嫂的婚姻问题，我家又被迫举家迁到我出生的这个乡村。姐姐又被嫁回去，而且嫁得这么远，母亲因这件事一直对父亲"耿耿于怀"，说父亲没有"良心"，因为我母亲就只有姐姐这么一个女儿。女儿是母亲手中的针线包，是母亲贴心的小棉袄呀！针针线线缝着的都是母亲和女儿之间才有的那一份血缘。如今，儿子们又都离开母亲的身边，已过古稀的母亲没有了说悄悄话诉诉苦的地方了，对父亲的责怪也是自然的事情。我孤独可怜的母亲，姐姐其实何尝不是如此一样的想念你呢？但在那个年代，父亲也是处于无奈，"右派""黑五类"的子女谁敢娶哇！好在姐夫也是个勤劳淳朴的小伙子，家庭环境也比我们家宽裕得多，他们婚后夫妻生活也一直非常和睦，这多少也给母亲一些安慰。

第二年，也就是我六岁的时候，姐姐便有了第一个孩子。坐月子是在冬天。按家乡的风俗，娘家是要送很贵重的"月子礼"的。由于家里实在穷得叮当响，但母亲还是挣扎着带上用粮食换来的几斤挂面、两斤鸡蛋，还有我一起去看望照顾姐姐。可能是因为礼物太轻的缘故，我的亲母奶（姐姐的婆婆）就有些不高兴，再说母亲还另外带了一张馋猫似的嘴——姐姐偷偷地给我吃她过月子补充营养的鸡和肉，这些是逃不脱亲母奶的眼睛的。一星期后，母亲就在"冷讽热嘲"中带我离开了姐姐家。那是一个下大雪的冬天，车船都几乎停止了运营，但母亲仍坚持带着幼小的我踏着泥泞，从百里之外赶回了家。我曾把这个细节写进我的文章《母亲：回忆是一辈子的事》当中。大概是五年前的春节，姐姐的大孩子节娥来我家拜年，父亲无意中将我发表的文章给她看，当她看到这篇文章时，竟在我家哇哇大哭起来，她不知道十几年前她的外婆和小舅竟然在她家受到过这样的冷遇，或许她从中也感受到了那个年代留给我们的辛酸。外甥女伤心一哭弄得那个春节都没过好，母亲又埋怨起父亲。其实，这又能怪谁呢？在那个年代，谁都没有错。而我之所以写下这些，只不过是在记录我所认识所记忆的那个年代在我心灵上划下的一丝痕迹罢了。

姐姐是一个心地善良、勤劳朴实的农家女子，对公公婆婆也特别的孝敬，人又大方、开朗、贤惠，从不计较鸡毛蒜皮的小事，在七邻八舍里赢得了一个好人缘。我每次去姐姐家，我都能感受到周围邻居给我姐姐投来的那一份温暖和亲切。十一届三中全会后，姐夫年年在外面做一些不大不小的生意，家里就靠姐姐一人操持，除了老人和三个小孩，还要种五六亩田地，但姐姐似乎非常得心应手，里里外外都收拾得利利索索干干净净。我不知道，姐姐娇小的身体是如何麻利地承担起家庭的重负的。无论是过去和现在，姐姐一直都牵挂着她的小弟。每年春节都要给父母、三哥和我做一双布鞋。可以说，我是穿着姐姐做的布鞋长大的。我是无从知道那一针一线熬过了姐姐生命中多少个夜晚，消耗了姐姐多少的青春岁月，每每想起我穿布鞋的日子，对姐姐的思念又怎么是一针一线所能缝补的呢？姐姐家离我家很远，但她一逢有空都要回家看看父母。如今，姐姐的大女儿节娥也已成家并有了自己的女儿，姐姐也成了"家婆"了。去年春节回家，我看姐姐比从前明显老了许多，脸上也增添了不少皱纹。我知道，四十五年的风风雨雨，姐姐的委屈和痛苦也很多很多，只是她把这一切都埋在自己的心底，从来不与别人说起罢了。这或许也正是我每次见到姐姐，她都是一脸灿烂笑容的原因吧？

我曾仔细看过姐姐的手，竟和母亲的手一模一样，细小的手掌长满厚厚的茧，摸起来也非常的粗糙，大拇指的指甲非常的厚而且略带黑色。我没有注意过别的农家妇女的手，但我母亲和姐姐的手竟是如此的相同，这是真正劳动人民的手啊！是抚摩土地侍弄庄稼如抚摩侍弄自己孩子一样的粗糙的手，每一道掌纹里都充满着温暖和阳光，这就是母亲的手！从姐姐出嫁后，我和姐姐相处和见面的日子并不是很多，但从心灵深处，我仍能感觉到姐姐对小弟的关爱和呵护。无论离家多远时间多长，我心里一直固执地有一种微妙的感受，姐姐是我的另一个母亲，姐姐给我的爱和母亲给我的爱一样，博大而深沉。

有一个姐姐是一件幸福的事情，想起姐姐，我就感觉到我比我儿子要多一种幸福——有姐姐的幸福，这种幸福是不可触摸的，是没有姐姐的人所体味不到的，它不在乎姐姐是否给予了你什么，而是在乎你生命的血管里流淌着和姐姐同样的血液，那流淌的声音、速度都是那么的温暖和亲切。真的，在这个世界上，让我揪心般牵挂的女人，除了母亲之外，就是我的姐姐了。我真的害怕，我下一次见到她的时候，姐姐变成了坐在乡村屋檐下晒太阳的老奶奶了……

姐姐永远年轻！千禧之年小弟在北京祝福您！

泪水中的记忆

在我三十岁的记忆中，老三从来没有流过泪水。

老三，大我五岁，是父母的第三个儿子，排行老四，他头上还有一个姐姐。老三很少说话，在家里大都是沉默寡言。不像我喜欢呜哩哇啦地什么事什么话都要插上一嘴，高谈阔论一番。因此，老三显得很稳重，很老练，或者说很成熟，加上他戴着一副眼镜，所以又显得很文静，很书生。其实，我知道，老三是个感情丰富的人，只是他的感情不轻易外露罢了。

用生不逢时来说老三，是比较恰当的。三哥出生的年月正是文革，那个年代，我家是毛主席像章不准戴、广播不准安的。我记得我父亲平反后的第一件事，就是去买了一个广播回来，安在堂屋的右角落上。那时都是有线广播，家家户户的后面都有一根铁丝，悬挂在后屋檐下。可不久，有线广播就淘汰了。父亲新买的广播只成了一个摆设，挂在那里，真的像是一只聋子的耳朵，落满了灰尘。再后来，就被我偷偷地拆下来，广播后面圆柱形的磁铁成了我儿时的玩具。而童年的老三是没有我的这份福气的，估计他连磁铁都没有摸过。他上小学时，总是独来独往，因为没有孩子跟他一起玩。小伙伴们在上学的路上总是欺负他，用石子、土块砸他，骂他是"狗崽子""小地主"。上学、放学他总是要么走在人前，要么就走在人后，形单影只，像一只离群的大雁，远远地避开那些叽叽喳喳吵吵嚷嚷的麻雀。我这么比喻，并不是怀有什么敌意或私愤，因为，我知道，从那时起，老三的心灵里，就已经埋藏了这样深远的志气和坚强。尽管后来老三当年的那些小学同学没有一个能上高中读大学考研，但今天的老三依然冷静地和他们保持着乡亲的接触和言谈。

磨难，自古就是一把双刃剑。有的人在他面前成了阶下囚，有的人成了英雄。而在我眼里和心里，老三，就是这样的一个真心英雄。

老三的小学成绩一直名列前茅，几乎年年都被评为三好学生，但年年都没有资格领到奖状和奖品。小学五年级毕业前夕，父亲为老三也找好了师傅，学习篾匠，而且父亲甚至为刚刚八岁的我也找好了师傅。应该说，这已经是天大的恩情了，那时谁敢收一个反革命的子女为徒呀！但老三仍然执意要参加初中入学考试，并考了全公社的第二名。暑假里，面临失学的老三郁郁寡欢。恰在这时父亲平反的消息如一道闪电，照亮了家的天空。老三终于上了初中。现在想来，如果父亲平反晚一点点，老三估计就再也没机会读书上学了。这该是老三最大的福气了。

初二那年，平反复职的父亲已接近退休年龄，可以申请退休。而且像父亲这样蒙冤20多年的老教师，在全县也不多。那时，还有顶职的说法，就是父亲在这个位置上退下来，子女可以相应地在该单位或行业接替工作，这有点像中国封建王朝的世袭制。父亲看到许多老同志都退下来让儿女接班，也有意想让三哥顶职。这在那个年代，搁谁谁都是求之不得的事情，可以不用干修地球的活儿，可以不用再寒窗苦读，成了国家的人儿，吃商品粮，拿工资，多滋！谁不干谁傻。我们那儿就有因为顶职的事，搞得兄弟反目，家庭破裂。可才十五六岁的老三却偏偏不干，甚至初中毕业时连中专也不报考，一定要考高中。他的志向是明白的——要上大学！

和老三相比，我惟一比他强的，就是汉字写得比他漂亮。老三的字写得实在差了一些，用故乡的话说像是用棍撇子戳的，整个一个螃蟹横行，一个麻老虎。老三在我们安徽有名的怀宁中学一直担任学习委员或班长，成绩相当不错，参加完高考后的老三也信心十足。然而分数下来，老三大失所望，没有被他报考的第一志愿录取。后来一查原因，原来从那年开始，卷面不清洁、字迹不整者也要扣分。老三的字没有写好，让他吃了一次大亏，也似乎有些冤枉。为此老三决心不去上被录取的安庆师范学院，准备明年再考。可当时有规定，考上学不上者，三年内不准报考，老三无奈。

大学毕业前，老三就收到了北京大学化学系研究生的录取通知书。据说这是安庆师范学院建院以来第一个被北大录取的研究生。那是1989年，北京刚刚经历了一次政治风波的洗礼。作为预备党员的老三，也因为当年的一份"大学生一律不准入党"的红头文件而被党拒之门外。而当时北大招生已经开始不负责分配，自找工作。这在还很封闭的安庆，似乎让人难以接受。老三在老师和家里的建议下，就不上北大，而改上青岛化工学院。当年的山东省教委招生工作已经结束，青岛方面看到老三是从北大转过来的，当即就打报告给省教委，把老三特批为"保留一年资格"的研究生，第二年免试录取。这样，老三就在家乡的新安中学教了一年书后，又到青岛读研究生。一年后，我也当兵到了青岛。老三没有上北大，我到现在都为他扼腕叹息，在心里为他流泪。我想，这或许是他人生中一大遗憾了。

研究生毕业后，老三辞去了去齐鲁石化工作的安排，一心去南方打工创业。当时引起了传统保守的父亲的不满和责骂。后来的几年，老三先后在多家外企工作，做过一般的技术人员，也做过生产和技术部门的经理，还多次到美国、澳大利亚等学习深造。老三曾在家信中讲过他第一次求职的故事，那时他刚到广州不久，去一家由新加坡、香港和奥地利三家合资的塑管公司应聘。那公司的老总是奥地利人，一见面就问老三"想干什么？老三回答得也很干脆："我要当经理!"嘿! 谁知那位奥地利老总还真的立即让老三当了生产部的经理。事后那老外说："我要的就是这种自信，我在中国还是第一次碰到像你这样的大学生。"再后来，老三在辗转了几家企业后又开始单干，也有了一定的积蓄。可是由于太相信朋友。前年，他四五年的心血五六十万元被人洗走，艰难再一次压在了他的头上。当老三从遥远的广州在电话里把这件事非常平静地告诉我的时候，我的心一下子碎了，我真的不相信这是真的，这样的残酷，我几乎有些发疯和担心。等我清醒过来时，我只听到老三仍然那么平静得像没有发生过什么一样地跟我说："千万不要告诉父母，千万不要告诉家里的人……"我还能说什么呢？我们年过古稀的父母双亲天天都在牵挂着出门在外的我们呀！尤其老三都三十好几的人了，还没有成家，母亲天天都在念叨着他的婚事呀！

春节回家，我和老三相约都不提此事。后来听母亲说，老三一回家就和母亲私下里说"妈，我今年生意不好，没带什么钱回家。"老三知道母亲是不会在乎儿子的钱的，但老三只是希望母亲能够理解。而母亲还是那句话："你赶快找个老婆，在外面也有个照应，我老了，妈不放心，你不找我死都闭不上眼呀！"老三没有说话，老三还是那样沉默着。后来我想，老三为什么要跟母亲说，是因为老三前些年每次回家，都几百上千的送给我的侄子、外甥们，我家现在住在城里的新房子也是老三花了四五万买的。而且父亲每月还有八百多元的退休工资，家中的日子是可以过的。可是，每次老三一回家，家里还是因为"钱"而发生一些小小的不愉快，无非是哥哥嫂嫂们想从老三那得到一点钱，以补贴生活。虽然我们能理解他们，但他们哪里知道老三在外面的遭遇和艰难？

大年初二，两个侄女和侄女婿来拜年，三家十几口围坐在饭桌上，热热闹闹欢欢喜喜，酒酣耳热之后，我忽然说我给大家讲一个故事，一个和老三之间的故事——

那是我刚上一年级的时候，老三上五年级。有一天快放学时，突然下起了大雨。那天，刚好又轮到我小值日，就是放学后留下打扫教室卫生。老三这时跑过来叫我赶快和他一起回家，而我执意要把教室打扫完。眼看，雨越下越大，学校里已经空无一人，又没有雨具。那时我家是穷得连雨伞都买不起的，下雨时顶多是用一块塑料化肥袋顶在头上。不知为什么我没有理睬老三，估计是因为刚上学，特听老师的话吧，老三一气之下就先走了。我打扫完卫生，就只能我一人独自回家。在我们回家的路上，要经过一个名叫倒骑岭的山洼，据说那里是一块阴地，经常有鬼狼出没，很是吓人。天上下雨，地上泥泞，我一个人深一脚浅一脚，肩上背着一把扫帚，怀里抱着书包，傻乎乎的，现在也忘记当时是不是哭了。但就在我走过山洼，一转弯的那个路口上，在一棵小桐子树下，老三，我的三哥正猫着他单薄的身子，像落汤鸡一样颤抖着站在雨中，湿淋淋地等我……

我的故事还没有讲完，老三已经是热泪盈眶，还像个孩子似的不停地抹眼泪，还哭出了声……而我也忽然有些哽咽，我想老三的眼泪不仅仅是因为这童年的故事，而更多的还有他这么多年来漂泊他乡，所承受和经历的那份只有游子才能体味的所有的孤独、忧伤和委屈，一下子在父母和兄弟面前像火山一样热烈而又平静地爆发了。家里人，包括父母亲都不会真正读懂老三的泪水，理解此时老三内心的那一份苦痛，只有我知道我亲爱的哥哥心里想到了什么，因为他什么也不说，永远不会跟我们说出他真实的生活和心灵的寂寞。此时母亲开始责怪我："大过年的，说什么不好，瞎说。"显然，一家人都有些伤感。而老三此时却说了一句话，一句我一辈子也不会忘记的话——"那个年代，教会了我什么叫作坚强。"也就是靠着这种来自生命的最最原始的力量——坚强与自信，少年的苦难已化作一种营养一种钙，支撑着老三的灵魂和胆识。老三真是生活的英雄，是风雨后的彩虹，或许这正是我敬重他的原因。

真的，这是我长到三十岁才第一次看到老三流泪。这是坚强的泪水、真诚的泪水。我相信，这样的泪水落在我的记忆里，它不是湿润了我的生活，而是擦亮了我的人生。

而今年正好是老三的本命年，春节回家时，我和妻子专门在北京买了一条红腰带，让刚满两岁童心无邪的儿子送给他的三伯，这是我们发自内心的对老三最最真切真心的祝福！而我们又多么希望有一个比我更懂你的人陪你一生，我的老三，我亲亲的哥哥。

血肉青铜

写给儿子的信

之一：给儿子周岁的礼物

一方，你的到来，改变了我们的生活，或者说给了我们新的生活。最起码的是改变了我和你母亲的生活方式和生活节奏。这也是很自然的事情，多少年以后的你也会和我们一样接受这样的一种变化。这是生活的本质。

其实，在早些时候，甚至在你还没有"插足"我们生活的时候，我就想写一些文字给你，来描述一下我对当父亲的措手不及或者其他与你有关的一些事情。但一年多了，我的心仍然平静不下来，用我们现在这个时代流行或者时髦的词语来形容的话，我的这种状态叫作"浮躁"。为此我有些怨恨，但这或许并不是我的过错。昨夜和一位作家先生聊天，他说是"这个社会太浮躁了，不能怪你"。我这并不是为自己寻找开脱，的确，年轮不一定是圆的，今天的我应该说还是很年轻，刚刚走过 28 岁的生日。

但你出生一年来，有许多事情是应该记下来的。我们有责任告诉你，在你生命从 0 到 1 的第一个 365 天里，这个世界虽然非常精彩热闹，却也很不太平。我拣我认为非常重要的两件事情告诉你。首先我要说的是，你出生前一个多月至你满月的这段时间里，在我们伟大的祖国，黑龙江、嫩江和长江遭受了水灾，我们的故乡安庆——长江中游边的一座城市，也同样遭受了洪水的袭击。其灾害的程度报纸上已经有许多报道，将来你可以在图书馆里看到。但有一点我们要提醒你的是，这场灾难与其说是"天灾"，不如说是"人祸"。这是人们与自然为敌得到的惩罚。其次，我们要告诉你的是，在你出生后的第242天——1999年5月8日，以美国为首的北约悍然用5枚导弹袭击了中国驻南联盟大使馆。这是公开的侵略我们的战争犯罪。其具体的真相，已经有人专门把它写进了书里，你也可以去图书馆里查阅。但有一点我也要提醒你，在这种关于祖国尊严的事情上，千万不要重复中国那句"多行不义必自毙"的老古话，这多多少少有点"阿Q"，是自慰自欺。另外，我们还要告诉你，战争不可怕，经济制裁也不可怕，可怕的是我们没有了自己的文化，可怕的是我们民族精神被"西化"。我一开始就罗罗嗦嗦地给你讲了这些"大道理"，是要你长大后不要忘记，并希望能引起你深深地思考，好好学习，天天向上，因为你是一个中国人！

下面，我还是写一些与正史野史上都不会记载的鸡零狗碎，因为这和你的成长密切相关。从个人意义上说，这才是这篇文章标题需要的内容。

实话实说，对于你的到来，我们是有过许多矛盾而复杂的思想斗争的。我和你母亲天各一方，分居两地。那时我们考虑最多的是，想要有个家，一个不需要多大的地方。你母亲卫校毕业待业在家，只能靠我一人工资养活全家，而我的职务是相当于连队副连长的待遇，要熬到"随军"（这个词语总有一天会走进博物馆，意思是说你和你母亲的户口随我调到部队的驻地）还至少需要6年时间，到那时，你将面临上小学。这是困扰我们生活的一大难题。这期间，我们曾有过一些幻想和努力，但终因世事纷纭人心难测而搁浅。但我们仍然还是鼓足了勇气，做好了一切最困难的料想和迎接你到来的各种准备。这一点，直到今天，当时无论在经济和住房等其他条件都好于我们的朋友，对我们迎接你的勇气还羡慕不已。

1997年12月13日，是我当兵7年的纪念日。这天我提着大包小包带着你的母亲离开家乡，开始了我们成家后的独立生活。直到今天，你父亲没有什么值得骄傲的，唯一欣慰的是，当兵后的日子，一直到我们结婚和生下你，我们再没有伸手向我们父母要一分钱。我不能孝敬他们是我的罪过，我怎甘心再给他们增添物质上的负担。那时我们还没有做好精神和物质的准备，一切都很美好地来到京城。你母亲也是第一次乘坐火车、第一次来到北京，来不及好好地走一走看一看首都，你就毫不客气地闯入了我们的两人世界。在此之后的十个月里，我们渐渐地看着你把你母亲的肚皮慢慢拱高，我俯耳倾听，你还不时调皮地揣我两脚。我陪着你挺着大肚子的母亲，上医院体检、到公园散步、听胎教音乐，你母亲说她那种感觉是最幸福的感觉，她说她挺着的是一个地球。毫无疑问，你母亲是"第一功臣"。

　　1998 年 9 月 2 日，我们遵照医嘱，带上生活用品和一定的人民币到了海军总医院。此前，你的外婆也已早早地赶到北京，来帮助我们，一起迎接你的到来。晚上 5 点半我和你外婆去餐厅买饭，回来时就不见了你母亲。一问，才知道你母亲带着你进了待产房。此刻我已焦急得吃不下一口饭菜，一直在产房和病房之间来来往往。不久，我就听见你母亲"哎哟，哎哟"的叫声，我在门外不时地喊她要坚持要忍耐。再过了一会，我从门缝里看见你母亲半弯着个腰走进了产房，嘴里仍轻轻地喊着"哎哟"。这时窗外突然刮风、闪电、打雷，下起了雨……6 点 09 分，我听到了你的第一声啼哭……不久风停雨住。对于这自然的巧合，我有些激动和欣喜，我甚至把这些和一些伟人出生的传说联系起来，从心里我对你的到来有了一种神圣和自豪。我和你外婆等在门外，那一刻我们关心的话题已经从你和母亲的平安转移到你的性别。我虽然并不在乎这一点，但等了十个月，总有一些着急，希望这个已经揭开的谜底快一点进入我的耳膜。一个大肚子的阿姨也带着好奇过来问我们，在不知道的情况下，她主动走进了产房……在她有些激动地告诉我你是一个"带把"的时候，我的心已经非常地平静。

　　一方，对你的到来，最高兴的或许还不算我们。远在皖西南一个叫丁家一屋的偏僻小村，一对已经年过古稀的老人天天都在心里念叨着你，盼望着你的降临，他们望眼欲穿地想见你快"望瞎了眼睛"。他们是你的爷爷奶奶。你的出生同样是他们生命的延续，是他们希望的延续。

4天后，你母亲出院，我们回家。也许若干年后，你将无法想象你现在的"家"是什么模样，无法想象北京还曾有这样的住房。到那时，你也许会住在某一幢窗明几净的高楼。但你必须记住，你就出生、成长在这个不足十平米的阴暗潮湿的小平房里，在你最初的100天里，我和你母亲，还有外婆4个人都住在这个不属于我们的小屋里。你的父母都是这个世界上工作繁重却又可有可无的小人物（但绝对不是小人），住得更是窝囊，低矮的屋子西侧是一扇窗户，本可以给我们送来灿烂的阳光和新鲜的空气，可窗外就是一条尘土飞扬的公路，挨着的是一片正在建设的工地，日日夜夜的车声、人声和叮叮当当的钢筋和搅拌机的轰鸣，以至小屋里分不清白天黑夜。一方，我们并不因为没有给你的到来准备华丽的家而自卑，也不会因此给你带来一些艰难而内疚，我相信长大后的你也不会嫌弃我们曾经的贫穷和落魄。这里，可不可以说，艰难，是我们送给你的一份最好的礼物呢？

关于你的名字，我们还想说两句。起初我也想翻翻辞海之类，找一个好听的给你。我在和一位同事讨论这个问题时，他开玩笑地建议我给你取名"丁一"，因为我们姓丁的每次开会名单都排在最前，如第二个字用"一"字更是靠前。但我觉得没有味道，就在后面加上了你母亲的姓氏，这样才有了你的名字——丁一方。我要说的是你的名字里有几层含义：一是我和你母亲只有你这么一个孩子；二是我和你母亲曾天各一方，现在我们又远离家乡；三是你是属虎的，希望你长大成才，在属于你的天地里雄居一方。

一方，也许我给你说的这些都是一些婆婆妈妈的废话，但我认为，每个父母都应该给自己的子女讲一些婆婆妈妈的废话。我也是曾经在我父母的那些婆婆妈妈的废话中长大成人的。对于这一点，我有理由相信你肯定会像我们一样等自己成了父母的时候就会明白。"养儿方知父母恩"，讲的也就是这个道理啊！

血肉青铜

所以，一方，你要记住，长大以后，你一定要尊敬人，尊敬每一个父母或曾经是父母的人，这样你才会是一个好儿子、一个好父亲，你也才会知道怎样爱我们的祖国和人民。

之二：写在儿子两周岁之际

　　时光如箭，日月如梭。一方，这是我上小学中学写作文时，最常用的两句古话，十几年前我或许还不一定懂得它的深义。但如今，我从你身上切切实实地感觉到了时间的脚步，它是那样的不可琢磨又不可捉摸，你必须紧紧地跟上它，一不留神你就被它甩得老远，这很有点马拉松的味道。刚才，和你妈妈带你去商场，认识你的阿姨还说起你："看！真是有苗不愁长，那时还坐在小车里推着呢，现在就到处跑了，真快呀！"是啊，一方，今天你已经两岁了。

　　两岁，我是无从知道我这个年龄的事情的。在一岁和两岁之间的这365个日子里，你和所有的小朋友们一样，在父母亲的呵护下健康成长。走路、说话、游戏这些人之初就与之俱来的节目开始登场，却给做父母的我们带来感动和欢乐。

　　而对你来说，一切都充满着好奇和新鲜。在我写这篇文章的日子里，还不怎么会说也不太爱说的你，嘴里冒出最多的词汇就是"走啊走"。可能是因为我们家那狭窄的空间难以容下你天真烂漫的心，外面的世界很精彩，你很难静下心来待在家里，总是一起床就拽着妈妈和我的手，一边拼命地甚至哭着拉我们的衣角，一边嘴巴里喊着——走啊走。有时就是在梦中，也突然说起来，让我们觉得又好笑又可爱。

　　是啊，一方，我很高兴，在你还并不会喊爸爸妈妈爷爷奶奶的时候，先学会了说"走啊走"。我在心里边一直觉得这是一个深刻的人生命题，虽然现在跟你说这些，你肯定不会明白，而且我也深知这于你的教育也过早。但这只是在表达我作为父亲的一种心情或者期盼。走啊走，人生的路既漫长又短暂，走好了，是一辈子，走不好，也是一辈子。一个作家说，"人生的紧要处，往往就只有两三步"，这是人生十字路口上的抉择。我们无法不面对无法不选择，只是许多事情只有回过头来才知道才看得清楚啊！我跟你说这些，并非是让你从小就感到什么沉重和压力，一切其实都有必然和偶然性因素，都需要你哲学辩证地去理解和把握，我现在说这些当然为时过早，只是希望你将来能成为一个有用的人，对自己对别人，对国家对民族，不然，人生在世就是枉走了一遭，做一个行尸走肉又有什么意义呢？

在你这般年龄的小孩，我们居住的大院里有好几个。因此平时在一起玩要的时候，父亲的话题自然就是围着你们转。你们会说话了、会走路了、会什么什么了，这都成了父母亲骄傲自豪的资本，心里美滋滋的不挂在嘴上却写在脸上，大人们总是对你们寄予厚望，希望你们聪明能干。一方，应该说，你说话、走路都比别的小朋友慢了点，许多阿姨和奶奶还来安慰我们说"这不要紧，正常的""晚说话的孩子聪明"等等，你妈妈还开玩笑说，你说话晚，是遗传我的缘故。其实我们并不在乎，我们相信你是一个健康聪明的孩子。

在两岁里，你学会了认识"中国"、认识了"人"等十几个汉字，并喜爱看书写字，经常软磨硬泡地叫我和妈妈教你读书写字画画。你还知道了挑选自己认为好看的衣服，开始爱美了。其实无论说什么，你心里面都非常明白，只是不知怎么去表达。每天晚上 7 点看《新闻联播》前，你都要听中央电视台播放的国歌，并随着曲子鼓掌跳舞，同时还一定要我们也鼓掌。对此，我非常满意，因为这是我们的国歌，因为你是一个中国人。国歌是一个民族、一个国家的代表，一种责任、一种使命、一种神圣不可侵犯的感情在你的血液里沸腾。

一方，在你一岁两个月的时候，我们带你从北京回到了故乡安徽安庆，见到了你的爷爷奶奶。你的到来，无疑是他们最高兴的事情，70 多岁的老人紧紧地抱着你亲你吻你，毫不掩饰的幸福和爱全部荡漾在满是皱纹的脸上。一方，你长大了要记住他们，他们的磨难足够写成一部非常感人的长篇小说，而且我也已经有了这个计划，并将利用十年的时间在我 40 岁时完成它，那时候，你已经是一个小学快毕业的学生了，我想，把这作为送给你走向成人的礼物。我现在琢磨取了一个名字叫"苦难"，不受欢迎的礼物，一个不仅仅是小说的小说，它是中国 20 世纪的历史，我会努力去完成它，现在我要做的是酝酿。

酝酿，是一个好词汇，这后面藏着的东西叫作力量。一方，对于你的成长，也是一个酝酿的过程，我们都在操心你的今天和未来，像农夫关心着他的庄稼、酒师关心着他的酒坊一样。让我们高兴的是，你真的很聪明，你的许多行为已经让我们看在眼里、想在心里。当然你的这些行为有许多是带有破坏性质的，但在我们的哭笑不得里，却记载着你最初的智能与发现的快乐，你就是在这样的"破坏"中开始认识世界、认识人生的。

一方，写这篇文章的时候，第 27 届奥林匹克运动会正在澳大利亚的悉尼举行，中国的健儿们取得了突破性的成绩。国庆也快到了，你已经两岁一个月了，这篇文章本该早就完成的，一直拖到今天，是因为我的工作有点变动，我得到了一个更好的单位的赏识，希望能调我去工作。我们都在为此努力。或许成功或许失败，但我有一颗平常心，我能面对，因为我知道收获和播种一样，都不容易。人生的路很长，但坚持最难，自己战胜自己最难。这些日子我天天骑自行车往返于七里庄和白石桥之间，单程也要花 50 分钟的时间，每天回家都是两腿酸软，但我有一个好心情，我有信心。干什么事情不都是如此吗？踏实办事，老实做人。只是这些日子忙坏了你的母亲，我心里也是过意不去，你可要听话哟。

好了，就说这些，两岁了，我并不要求你学什么将来到学校里还要学的东西，我们只希望你健康、快乐、平平安安！让我们携手一起走啊，走，走向美好的明天。

一方，爸爸妈妈爱你，胜过爱自己。

爸爸最爱看你睡觉时甜甜香香的小模样，并偷偷地吻你！

之三：军训家书

一方：

在你阅读这封信的时候，首先还是让我们一起感谢你的老师、感谢北京四中，因为是他们给了爸爸妈妈与你以书信这种传统又美好的方式进行心灵的沟通，让我们内心充满着感动。

儿，爸爸曾经写了几百万字的著作，但此时此刻，给你写信，心中有万语，笔下如千斤。爸爸妈妈都非常欣赏你。因为你身上有许多闪光的东西，有许多甚至比爸爸更为完善的东西。比如你的正直善良、善解人意，比如你的宽容稳重、阳光自信，比如你内心从不言表的对家人和他人默默的关怀和爱……

现在，你如愿走进了你最向往的高中，继续在北京四中度过自己的中学时光。这是你奋斗的结果，是你的幸运，也是你的幸福。诚如你在班级入学总结中所说的，作为一个从北京四中初中部直升上来的学生，应该对四中多一份敬畏和崇敬。你的班主任余老师后来给我发来短信，她听了你的发言，很是感动。说句心里话，从收到余老师的短信那一刻起，爸爸妈妈的心至今仍然被余老师的感动包围着、温暖着、感动着。能不感动吗？儿子，你真的长大了！这就是你！

许多父母都希望孩子做这个做那个，其实都是在孩子身上寻找自己，甚至希望孩子成为自己的圆梦者。可怜天下父母心。我们对你也有希望，但爸爸妈妈希望你做最好的自己，因为你就是你，你不是别人。儿，记住：世界上没有任何人像你。这就是自信。但爸爸妈妈对你还是有要求的，一是健康上要有一个好身体，二是做人上要有一个好品德，三是学习上要有一个好习惯，四是生活上要有一个好心态。这些话，其实爸爸妈妈说得已经很多，但爸爸妈妈知道，像你这样的年纪最容易把这些看似大道理的话当作耳边风。因为爸爸妈妈也是从你这个年龄走过来的，也曾经把父母的话听得耳朵起茧。但此时此刻，环境变了，在军营中的你，静坐、细琢磨，爸爸妈妈的话或许就会比往日要深刻许多。环境可以改变和塑造一个人，同样，人也可以改变和塑造一个环境。苹果只有自己吃了，才知道是什么味道。人生的哲理需要自己琢磨，生活的滋味需要自己品尝。只有经历了，才有阅历，才有顿悟，才会明白一切真理其实都是最简单的。

"道路由来曲折，征途自古艰难。"这是当兵离开家时，爷爷写给爸爸的诗。现在，爸爸把他送给身在军营中的你。

做最杰出的中国人，首先要做杰出的四中人。当然，你明白，这里的杰出并不仅仅只是指学习成绩和分数上的高低。我想，人生除了才气、运气（机会）之外，还要有战士一样的勇气和铁一般的意志，只有坚持、再坚持，才能赢得最后的胜利，而这也是你接受军训的价值和意义。因为，世界上没有打不倒的敌人，只有打不倒的自己。人只有超越自己、征服自己，才能超越梦想、征服世界。

看着穿着迷彩服的你，真像一个军营男子汉了，爸爸不禁回想起23年前的自己。那时，爸爸在遥远的太行山下的一座军营，完成了由民到兵的转变，成为一名共和国的军人。军队是一座大学校。我们的军营距离王屋山不算太远，历史上著名的"愚公移山"的故事就发生在那里。毛泽东主席曾以此为题写过一篇家喻户晓的文章，赞颂"愚公"为理想而坚持不懈、艰苦奋斗的开山精神，影响了一代又一代人，我也是其中之一。就是以这样的坚持与奋斗，爸爸才从那个偏僻乡村的少年成长为一名作家，实现了自己的梦想。毛主席说：团结紧张，严肃活泼。说得多好！一个男子汉就应该具备这样的素质和形象！毛主席还说：坚定正确的政治方向（我理解这就是忠诚），艰苦朴素的工作作风（我理解这就是意志），灵活机动的战略战术（我理解这就是方法）。毛主席讲的真好，真的太伟大了。作为一个军人，应该如此，其实在社会上做一个人，也应该如此。这就是责任，就是使命，就是担当，也是荣誉。

再过三四天，军训就结束了。我们完全能够想象得到，当爸爸妈妈第一眼看到你的时候，那是穿迷彩服的儿子在微笑，笑得那么灿烂那么阳光……儿子，告诉你，你的笑脸，就是爸爸妈妈最美的幸福！

一方，让我们共同铭记四中大门口地砖上铭刻的那句话吧——从这里出发，向前看！

爸爸妈妈相信：经过四中三年高中生活的学习和教育，凭着"优、苦、严"的校训，你能看到自己更加遥远的未来！

加油！儿子！爸爸妈妈永远是你的粉丝！愿我们的祝福像鲜花一样，沿着你的征途不断地开放！

爸爸妈妈

2013 年 8 月 21 日

童心如诗忆故乡

忍受贫穷。

面朝黄土，背朝天。永远

诡异的是——犹苦如牛马的乡亲仍面带微笑。

这就是我神秘的乡村，我的故乡。

——题记

　　我曾在上海的《青年社交》上发过一篇《哑子自白》的短文，写的就是自己，文中的哑子是我的乳名，据母亲讲，我长到5岁时还不会说话，只能像婴儿似的发出一个音节，家人都以为我是一个哑巴，所以便唤我"哑子"。虽然听起来十分丑，但我却非常喜欢。前不久，故乡的满叔来青岛打工找到我，一见面就老远地喊"哑子，哑子"，我好感动，一股热流涌遍全身。握手时满叔却一再向我道歉："晓平，这么大了，还叫你哑子，不会见怪吧？"怎么会呢？漂泊异乡，在茫茫人海里突然有人用家乡的土话喊伴你长大的乳名，那种久违了的亲切和温暖，满叔他是永远体会不到的。那种感觉就让你想家，而且，越发地真切，生动，向往，怀恋。

　　我出生在皖西南一个名叫"丁家一屋"的小村子，它隶属于安庆怀宁县，是十万分之一的地图上也找不到的一个偏僻角落。但它的历史却有一个十分动听的传说：相传在元末明初的时候，朱元璋和陈有谅大战鄱阳湖，陈有谅战败身亡。他的大将陈良卿投江自杀殉职，谁知江中漂来一巨大树根，托着他逆流而上至安徽宿松一个名叫丁家小庄子的江滩上。此庄有个丁员外，膝下无儿只有一女。是夜，老夫妻俩都做了个梦：一轮红太阳落在自家的大门槛上。第二天早上，老夫妻俩半信半疑地打开大门，却发现浑身湿透的陈良卿晕倒在他家的大门槛上。于是便招其为婿，这就是我们丁家的一始祖。后来，丁家迁至我出生的这个地方取名叫"丁家第一屋"，开始建设家园，并请风水先生在两里外的西南方觅得一块宝地，建起了祠堂，于是就有了"先有一屋后有祠堂"的说法。这是几百年前的事了，是我童年对故乡最早的印象，特深。

直到 10 岁以前，我就没有离开过我们那个丁家一屋，最远也没超过十里地的半径。如今，当兵在外六七年，也算是走南闯北跑了一些地方见了一些世面，可是一提到那个天地，我就这么跟你说：那是梦，是多少个梦都神往的地方；那是诗，是多少诗都无法写尽的田园；那是歌，是多少曲子也唱不完的音乐。一想起自己童年的日子，真的是心花怒放。就是在北京，现在城里的孩子能跟我们比吗？什么叫大自然？地瓜是怎么长出来的？知道吗？光着屁股到小河里摸泥鳅，穿着开裆裤爬树掏鸟窝，等等，不知道吧？可好玩呢！但这还不是最快乐的，最让我企盼的是过年。过年！那就甭提了！"大人望插田，小孩盼过年"。哪里像现在，家家户户"躲进小楼成一统"，坐在自家的电视前，看别人唱呀跳呀的，瞎闹腾，然后跟在后面傻笑。我们那过年才叫过年呢！那是属于我们自己的年。

一进腊月，就有跛腿老货郎摇着拨浪鼓摇摇晃晃地走进了村子，我们叫他"跛佬"。"跛佬"肩挑的小柜就是我们的"百货商店"了，他那句"上海到的，呱呱叫的"广告词，给了我们对城市最初的印象，也是从这个窗口，我们开始想象城市想象城市里的人，新鲜而神秘。不用看，那拨浪鼓响在哪儿，哪儿就有一大帮孩子，跟着后面叫啊跳啊，快活得不得了。有钱的趴在老货郎的小柜上盘算买什么，没钱的也趴在上面东指西指，说这个漂亮那个好

血肉青铜

玩，免费给有钱的当参谋。其实，那有钱的也不过是几块硬币，两毛、五毛的纸票对我们来说差不多就是天文数字了，握在手里比金子还金贵。那时候家里穷，所以我们也拼命地攒钱，甚至偷偷地卖了母亲剪下的长发或者母亲杀鸡时留下的鸡肫皮或者用完剩下的牙膏皮之类，这都是能换到钱的宝贝。有了这些我们可以到"跛佬"那儿买鞭炮、辣椒糖、橡皮筋等小玩艺儿。到了腊月二十四，我们就开始"喊毛狗""送灶王爷"，家里要"扫洋尘"。这样过了小年，大年就为期不远了。

过新年就要焕然一新，大人就要给小孩子做新衣服新鞋，买新袜子新帽子等等。家境困苦，在我的记忆里几乎没有类似的记载，也许当时我也曾哭闹过，但这是哭不出来的。后来听母亲讲，那时候全家九口人过年只有一斤半猪肉，哪里还有钱做新衣服呢？只能是"新老大旧老二补补连连是老三"，一件衣服不知道要穿多少人。腊月里最忙的是母亲。妇女们要在家里备年货，做些好吃的，如熬糖、做山芋干之类。我们此时就会到山林里去打马尾松上的菠萝、枫树上的枫球回来，背上母亲从全家人牙缝里省下来的几升米，跑到附近老大爷家去炸爆米花。这样，过年了，桌上便有了几种风味独特，但家家都有用来招待客人的糕点了。

终于到了年三十，放炮了，大人还是不让放，只让看。那可不行，就偷偷地从家中的长鞭炮上抽下一根，不敢放在手上就插在墙缝里，然后捡起大人扔了但还没熄灭的烟头，点上，放了，胆大的不跑不动，胆小的跑得远远的蹲在墙角里捂着耳朵看。也有一不小心炸伤了手的，勇敢的忍着不掉泪，"怕死"的就吓得哭了……

吃年饭了，一家人团聚在一起，共同举杯说些健康发财的话，吃饭时大家碗里都故意剩下一些不吃，说是"年年有余"，讨个吉祥。吃过饭，大人便给每个小孩子压岁钱，顶多不过五毛一块，但却是我们一年最大的"收入"，会让我们快活一个正月，其实这钱过不了多久就会被大人找个理由给"骗"走。三十晚上，大人们都要挨家挨户从长到幼地走一走，这是"辞岁"，大都是小坐一会儿，喝点水吃点瓜子，一支烟的功夫就换一家。家家走到之后，大人们便三五成群地集合在一起打扑克玩麻将。小孩子们便提着自己家不知用了多少年的灯笼，点上蜡烛，男孩子女孩子成群结对欢天喜地地到处跑。其中有几个淘气的男孩子，口袋里暗藏着鞭炮，一点着就往女孩子灯笼里扔，或者故意用自己的灯笼冲撞别人的，于是灯笼就燃烧起来，被烧了的就哭起来，大家就又跑过去帮她把火吹灭，安慰她送她回家，让大人重新糊好，点上蜡烛，再露欢喜，加入队伍。这样的日子，我们男孩子再调皮，大人也会原谅的。那时的天比现在还冷，夜比现在还黑，因为没有电没有电视，夜很深了孩子们也不回家，提着灯笼吆喝着，脸冻得通红，灯笼也是通红通红的，乡村的除夕之夜在晃动的烛光中摇曳，如诗如画如歌，流淌在夜的深处，荡漾着天真、无邪。它珍藏在我记忆的深处，一如故乡的陈年老酒，热烈、奔放、温暖。

大年初一，家家户户也早早起来放鞭炮，敞开大门吃完新年饭，又像除夕夜样挨家挨户地走上一遍，这叫"拜年"。这时，小孩子每到一家都会得到一些蚕豆、瓜子、糖粑之类，水果糖更是稀罕之物。我总觉得那时农村人朴实热情大方，比现在的城里人强多了。到了初二，父母就领着孩子们去给外公外婆拜年。而我的外婆家远在千里之外的滁县，直到十二岁时才去了一次，所以到现在我还记得初二是我正月里最难熬的一天。到了正月十五闹元宵，家家户户、男男女女、老老少少全出来了，看灯看戏，这是一年中最热闹的时候。其实那戏那灯也不知是唱了多少代用了多少年的了，都是老得掉牙的了，但庄稼人喜欢，一年就这么一次，听起来好像总能找到新感觉似的。而我们小孩子只不过是看看热闹罢了，在人群里钻来窜去瞎闹腾，也不觉得累。可那场面那灯火那歌声叫声喧闹声狗吠声夹在一块儿，印在乡间那弯弯曲曲的小路上，不见头也不见尾的，是我十几年来再也没有见过的了。

你说这样的童年，你能忘记吗？记得一位诗人曾经说过，没写过故乡、童年和爱情的诗人不是诗人。对此，我深信不疑。忘不了，就是永存！

故乡春天的雨水多，屋前屋后的小树林里会长出许多蘑菇，现在城里人吃的蘑菇都是人工培养的，我们多少辈子就开始吃野生的了。姐姐带我去采，总是成篮子成篮子地拎回家。其实那时的农村人并不爱吃这些东西，就像过去吃肉要肥肉不要排骨一样，因为家中油水不足。后来，油菜花开了，我们又开始挖野菜，一大帮孩子兴高采烈地走在田野里，你一句我一句地唱着跑了调的黄梅戏《打猪草》；槐花开了，我们就爬树摘槐花蕊吃，那甜丝丝的味道，沁人心脾；桃花开了，我们在树下玩"搭锅"的游戏，摘朵桃花戴在最漂亮的女孩子的头上，男孩子伸手掌手背找"新郎"，然后就拿着两根竹竿当轿子抬着"新娘"，小伙伴们嘴里呜哩哇啦奏着"迎亲曲"跟在后面，那迎亲的队伍也十分的"浩荡"。如今想起童年的那份天真，那真是神仙过的日子，无忧无虑无烦恼，我不知道昔日的小伙伴是否还记得这些往事，这都是你心灵深处的宝藏啊！

到了夏天，更是我们男孩子的天下，我们可以光着屁股到山塘里去洗澡，先是在岸边学"狗刨"，接着便从家里偷偷拿来大澡盆趴在上面向中央划，慢慢地学会了浮、仰、踩，胆大的还学会了一个猛子扎到水底，比一比谁潜在水底的时间长。有时候较起了劲，为了充好汉，憋得眼睛都红了才从水底下冲出来。天热起来，中午大人们劳累了一上午便午睡了。我们仍然不闲着，跑到屋后的山洼里挖泥巴。那可不是一般的泥巴，有红色的，有红白相间的，黏性极强，但名字不好听，叫"狗屎泥"。挖回家后，我们像大人揉面一样不停地将它揉、拍、打，使其均匀、细腻、柔和，然后根据需要用刀子割下一块，做成"手枪"，偷偷地放进母亲的锅灶或者父亲的火粪堆里，让它们烧铸变硬。傍晚时，我们便戴着"手枪"三五成群地跑到屋前的一块古坟场上，玩"打鬼子"的游戏。那时我们的民族感特别强，谁都不愿意当"小日本"和"美国佬"，不像今天的某些地方的某些人竟然靠制做小日本的军服军刀赚钱、以穿戴这些军服军刀留影为荣，我真为他们感到可耻、悲哀、愤怒——他们忘本了！

夏天的晚上，孩子们更热闹了。我们可以拿着凉席、床单或者一条大板凳，跟着大人们在屋外的草地上乘凉。几家十几家的人都聚到一块儿，谈天说地谈古论今地穷唠嗑。而我们一手拿着蒲扇一手拿着小玻璃瓶去抓萤火虫，边跑边唱："萤火虫夜夜飞，飞到河里捉乌龟，乌龟长着毛，叫我摘核桃，核桃没开花，叫我摘黄瓜，黄瓜长着刺。"抓到萤火虫就放进瓶子里，看着它在瓶子里爬呀爬呀，看谁抓得最多……玩累了，我们就往大人身边一躺，让大人一边扇扇子一边讲故事。就这样往地上一躺，银河就在你眼前流动，星星不停地向你眨眼睛。大人们就指给你看，那长勺状的就是北斗，那颗最亮的是长庚星；那是牛郎，那是织女，他们七月七在鹊桥上会面，男耕女织，庄稼人也以为天上的人照样也得干活儿，还说七月七晚上在葡萄架下面可以听到牛郎织女的悄悄话呢！那时的我们也盼呀盼牛郎织女早点会面，在不尽的冥想中，自己也不知道天上地下，今夕何夕，全都进入了梦乡。如今，我躺在钢筋混凝土搭成的积木式建筑里，面对灯火辉煌的夜市，看着各式各样的霓虹灯闪烁，车水马龙的都市之夜再深再静，心也十分地喧嚣。故乡夏夜的星空何时何地才能觅到哟。

那时家乡田野里的黄鳝特别多，我便提着袋子跟着大哥后面去摸，半个时辰的工夫就能摸到十几斤。有时候也摸到蛇的，手一伸进蛇洞就感到一股凉气延着手指一直寒到心底。如果触到蛇身，那就像触了电一样，全身顿时麻酥酥的起鸡皮疙瘩。我有过切身体会，对蛇就特别地敏感，直到今天仍然有种恐惧和战栗。谈到蛇，不能不想起母亲。也是一个夏天，母亲带我到老菜园里摘菜。母亲叫我在地边站着，并警告我地里有蛇。我不听话非要赤脚去摘南瓜花。刚进去一会儿，我就感到脚被蚂蚁夹了一口，便喊母亲。母亲很有经验，知道不好，就跑过来抱起我，拼命地用嘴趴在我脚上吸出了毒液。母亲冒着生命的危险给了我第二次生命，不然我早就成了一抔黄土了。这是我六岁时的事，快二十年了，自己也忘了是哪只脚被蛇咬了，但母亲记得。想来真是一种罪过，对不起母亲。但我相信我不是那种好了伤疤忘了疼的人，我会用一生报答母亲的。

在农村，家家户户除了养鸡之外，还养一些鸭子。因为粮食少，我们小孩子没事就去钓青蛙喂鸭子。那时的青蛙特别多，庄稼人也不懂益虫不益虫的，钓回来是喂鸭子的最好饲料。我们就拿出自制的"钓杆"：用母亲做鞋的麻线一端系在小竹竿上，一端系上一小朵棉花絮。为了能引诱青蛙上"钩"，我们不知道从哪儿学到了一个绝招：在棉絮上撒上一泡尿，青蛙闻到了尿臊味就来吃棉絮。知道有青蛙上钩了，我们也不急于提起，而是一上一下地逗它。让它把棉絮慢慢地吞下去，提起来时它一时吐不出来就抓住了，这其中也有"欲速则不达"的道理吧？可如今的故乡虽然再也看不见小孩子们像当年的我们一样钓青蛙，但青蛙却是很少很少了，再也很难"听取蛙声一片"了。据乡亲们讲，主要还是农药太毒的缘故。我不知道这是否正在失去一种平衡，青蛙是我儿时的朋友，虽然我们曾经杀害过它们，也饲养过它们，而我总为自己这些儿时的朋友慢慢地减少甚至消失感到深深地惋惜、忧虑。

故乡很是偏僻，但故乡的文化底蕴还是很厚实的，我们怀宁就有"无石（石牌）不成班"的戏剧之乡的美称。据史料记载，京剧是从徽班进京发展起来的，而徽班进京却是从我的故乡开始的。出我们村向东走十几里，有一座海拔一百多米的独秀山，我们党的创始人陈独秀先生就诞生在这里；向南走十几里，历史上孔雀东南飞的故事就发生在这里；向西望就是连绵起伏的大别山的主峰天柱山；向北四五里有一个"太子墩"，相传是曹丕的出生地，曹操就将其胞衣埋在此地，行军到此的魏军将士每人都捧一把土堆其上，以成此墩。家乡也是出了一些名人的，除了独秀先生外，近现代还有大书法家邓石如、两弹元勋邓稼先等等，前几年在诗坛上很有名气却英年早逝的青年诗人海子也是故乡人，这些都是我们在异乡"谁不说俺家乡好"时的资本。

如今，我儿时的朋友大都是"孔雀东南飞"星散在祖国各地，也有的已成了鲁迅小说中的闰土，为生计为事业为家庭为未来各自苦苦奔波在自己的征程上。而我也怀着故乡人刻苦的禀性和砥砺成才的使命，投身军旅，刻苦学习，努力工作，不也是为了不辜负父老乡亲对我的殷殷期望吗？而当我们在城市里豪饮大啖的时候，当我们在无聊中高谈阔论的时候，我远在故乡已满头白发的母亲，正吃力地担着半桶溪水，一步一步地，蹒跚地，向老屋走近，走近……

呵，故乡，我知道，我该做什么了。

呵，母亲，我知道，我该怎么做了。

老　屋

在我五岁以前，我们那个生产队二十多户姓丁的人家，都是共住一个堂庵的。大家合住在一块儿，中间一个大的堂间，有一天井，一家一户就围在这堂间的周围，估计是故乡民居的一种结构，有点北京四合院的味道。因为这些房子年代久远，追溯起来可能在明朝就有了这个院落。而到了一九七六年我五岁的时候，它的面貌也变得差不多了。

我记得我家就住在堂间右侧的一条狭长的房子里，好像是一个过道，共三间。靠东头的一间是大哥大嫂住的，里面放着我家的大饭桌，靠西头的一间低矮潮湿，母亲、姐姐和三哥住在那里。中间是厨房，一进门正对着的是用土砖垒起来的鸡窝，上面架着几根树枝、竹条之类的东西，再铺上一些稻草，这就是我和父亲的"高榻"。那时候家里穷，父亲又是老"右派"，没有政治地位，也没钱盖房子。所以我家是最后几户搬出老堂庵的一户。

大概是因为人口增长，家家户户都相继搬出重新做屋。在老家，做屋是要看风水选地基的。按照传统，老堂庵正后方的地基是风水宝地，大家称它为1号地基。为了公平竞争，乡亲们就用中国最悠久的抓阄的办法来分配，谁抓着了就归谁。谁知却偏偏让我大哥抓着了。这样就有人不高兴了，说"右派""黑五类"不能住，会坏了一个村的风水。好在我家实在太穷，也没打算要做新屋，就主动让给了一个有头有脸的人家（他的一个女婿在大队当会计），这事才算平息下来。在分配老堂庵的椽子、行条、砖瓦时，也是用抓阄的方法进行"瓜分"。巧的是老堂庵的主大梁又被我大哥抓着了。这大梁可是有历史的了，是一根原木，四四方方的直径就有一米，据说当年上面画满了九龙九凤呈祥的图案，可以想象在当时的农村这该是一个什么样的精神图腾。抓着了它，不是运气，而是代表着一种大富大贵的福气。这下子又炸了锅一样热闹起来，一些人吵吵嚷嚷地说要重新抓一次，还叫嚣说刚才有人作弊，是公开和伟大领袖对着干，不能让"黑五类"分子走在我们劳动人民的前面等等。这事搁在现在肯定是让人不相信的，但发生在那个特定的年代，发生在那偏僻的乡村也是很自然的事情，是不值得大惊小怪的，"戴帽子"的是没有发言权的。但在第二次抓阄时，却又被我大哥抓着了，这一次他们也不好再说什么了，毕竟是乡里乡亲的，抬头不见低头见，农民总是很善良的。至今，这根大梁仍在我故乡老屋上做着大梁。所以后来有人说我家要"转运"，可能就是从那时候开始的吧。

直到老堂庵的那个过道实在残破不堪了，我家才东凑西借，决定做新屋。那时没有专门烧红砖的轮窑，也没有什么木材交易市场，做屋的砖都是自家做的土砖，木材也是自家到百里之外的大别山里去扛。说起土砖，我还得多说两句，因为它在故乡已经退出了历史的舞台，现在都和城里一样改用红砖做屋了。土砖的制作也有一些讲究，它是选用水稻田的泥巴，经过加工做成的。一般的都是先用牛犁出一片地，然后灌水，大人用黑布蒙上两三头牛的眼睛，牵着让它像驴子拉磨样不停地踩。等泥踩"熟"了，就开始"印砖"。这"印"其实就是一个用木头做的模子，印砖师傅将泥巴装进"印"中，用手在泥里用力揣上几揣，然后在上面用力拍打、抚平，再将"印"慢慢提起，一块砖就印好了。放在大地上，一方方一块块的，让太阳晒干，大概半个月就可以了。而屋上的椽子、行条什么的，都是大哥在家带点大米等粮食到山里，和山民们交换后从山上扛回来的，用我们老家的话说叫作"驮树"。可往往是好不容易从山上驮下来，在半道上被检查站给截了，作为"非法贸易"没收。所以"驮树"的活计非常辛苦，只有靠走夜路才能侥幸过关。我不知道我家那三间老屋的几十根木材，大哥是怎么扛回来的，我想，其间的艰辛用任何形容的文字都是无法来表达的。我记得有一次大哥就被查住了，被罚以没收。好在那个检查员很有同情心，两根只没收了一根。现在我还能清楚地回忆起大哥那天是鸡叫两遍才回到家中的，他扛回来的那根木材上，检查员用红色的毛笔写上了大哥的姓名，把"丁雨生"写成了"丁玉生"。而大哥一讲起这件往事，仍对那检查员充满一脸的感激。

等到我家在一个荒山冈上的芭茅地里打下地基，正请来泥瓦匠做屋时，忽然大队干部从天而降，不仅推倒了刚刚建起的半人高的墙壁，毁掉了墙脚，还将石头大门槛挪移了方向，规定地基和屋脊不能高于隔壁×××家的地基和屋脊，并勒令要推迟一天再做，对泥瓦匠师傅们也进行了一些政治上的攻击。原来，有人在背后向大队打了"小报告"，说我家做屋是"择了日子，看了风水，大搞封建迷信活动"。其实那时我家哪里有钱请得起什么"地师"看什么"风水"呀，就连那些泥瓦匠也是一些非常正直、善良、富有同情心的好农民乡亲，自愿前来帮忙的，他们的工钱拖了三四年，直到我父亲平反复职后才还清的。

老屋已经老了，在它的荫护下，三哥晓鸣、三个侄儿和我都相继离开了它，到了城市。而在它的周围也都盖起了楼房，相比之下老屋就显得非常的破旧和寒酸。尤其在以房子的好坏来论家庭的富裕贵贱的农村，房子就是一个家庭的脸面。所以母亲和大嫂就经常吵着要重新盖楼房，却始终没有在我们小字辈中通过。去年，三哥出资在县城里给家里买了一套住房，父母亲又回到了城里。这也是父亲"打右派"，从县城下放到农村后四十年也没想到的事情。而老屋仍然安详地伫立在生我养我的那个乡村，在乡亲们越来越讲究的楼房的映衬下有些苍痍，靠东南的一扇土墙壁也因风吹雨淋，而出现了裂缝和倾斜，看上去有些沧桑，屋顶的青瓦也变成了黑色，上面落满了树叶等杂物，远远看上去好像是什么人的故居。大哥大嫂农忙时节仍住在那里，种好属于自己的那几亩田地。而我们每次探亲回家，也都要去看看让我怀念的老屋，和我亲手栽种的桃树握握手，和各种野花野草说说家乡话，和鸡鸭猪狗聊聊天，和勤劳善良的叔伯兄弟姐妹们话桑麻人生……这或许就是诗人所说的乡愁吧？

　　但像我的这种回归故乡的感情或者感觉，一位小说家的比喻就非常确切——"这些复回的情愫仅仅只能引发怀旧的兴致，却根本不想重新去领受，恰如一只红冠如血尾翎如帜的公鸡，发现了曾经哺育自己的那只蛋壳，却再也无法重新蜷卧其中体验那蛋壳里头的全部美妙了，它还是更喜欢跳上墙头跃上柴禾垛顶引颈鸣唱。"如果说我故乡的老屋是那只蛋壳的话，我大概就是那只"红冠如血尾翎如帜的公鸡"了，而我写下的这些文字就是在城市里对乡村老屋的一种鸣唱吧？

通人性的牛

在北京这样城市的马路上，我居然能和一堆堆的马粪、骡粪遭遇，为此我感到十分的新鲜和奇怪，尽管这不是中心市区。一些农民赶着马、骡子进城，贩卖他们自己种的瓜果蔬菜，因此我私下里为这些牲畜感到荣幸——能走在北京的大街上，我远在故乡山村年过古稀的父母大人至今还没有到过北京呢！

路遇马粪、骡粪的时候，我总要走近它们，闻闻它们的气息，那种搀杂着青草味的、土味的、骚臭味的乡村气息是久违了的，又是沁人心脾的，尤其对我这样从小在乡村泥土里摸爬滚打来到城市且至今腿上仍粘有泥巴的人来说，不免生出一种怀念或者怀旧的情绪，袅袅亭亭般如故园草屋烟囱上慢慢升起的炊烟，朦朦胧胧却又清晰可见的是那一种亲切和亲近的温情和温馨。

而牛对我来说就是这样让我怀念的牲畜。

我的村庄里没有马没有骡子没有驴这类的北方牲畜，只有牛。牛对于村庄来说意味着什么呢？打个比方，好比一辆老式的东方红拖拉机，牛是机头发动机，什么犁、耧、耙、耖之类是拖拉机的摇把、轮子等，农民就是驾驶员。现在我从城里面回头看，村庄也像一驾平架马车，牛就这么拉着我的村庄从村西头走到村东头，在庄稼地里犁了一圈又一圈，把土地也不知翻了多少个底朝天，也没有走出五里地的半径。

在乡村生活的十八年里，我有过至少八年的放牛娃生活，因此牛在我的乡村生活里也是一个主角。我和牛共居在同一个村庄同一片蓝天下同一块黄土地上，同样的吃喝拉撒，同样的日出而作日落而息。不一样的是在村庄里我们是拿着牛鞭的人，牛是听人使唤的畜生。

我们故乡有黄牛和水牛两种。水牛浑身皮肤乌黑少毛，有两只弯弯如弦月的牛角十分逗人喜爱，而且性格相对黄牛来说比较温顺一些。放牛娃如果认真伺候它，只要你爬到它的角上，它就会自然地把头轻轻一昂，你就被送到它的背上，我想，那乡村牧童短笛横吹的诗情画意就是这样诞生的吧？可我一直没有放过水牛。因此我小时候打心眼里还真有些嫉妒放水牛的小伙伴们呢！

在我的记忆里，我曾放过四条黄牛。第一条名字就叫"大黄牛"。因为它的个儿大、力气也大，所以乡亲们都非常喜欢它。但它的脾气也大，动不动就会发火，用角隓人，还经常主动发动"战争"，去欺负别人。我们小时候就经常看到它斗角的场面，以至后来长大了知道世界上还有一项职业叫作"斗牛士"，就觉得多少有些无聊。

"老黄牛"可能是在我们村庄住的时间最长的一位，直到后来它老了，才被送走，但送到哪儿了，我们小孩子家是不知道的。因为村子里不繁殖牛，耕牛都是牛贩子从外地贩卖来的，而且牛价不斐。分田到户后，我们都是五六家、七八家共同养一条牛。平时倒好，可一到"双抢"，牛就用不过来了，家家都抢种抢收，搞不好几家就因为用牛而争吵。人在吵的时候，牛仍在忙着，睁着个牛眼，总也看不明白人，这倒真应验了那句话——干活时要人多，吃饭时要人少。而往往是人总是健忘，在用到牛的时候，为了牛而争争吵吵打架骂娘，农闲时却把牛拴在一边，自己热闹去了。

牛的寿命一般在十到二十岁。人是怎么知道牛的年龄的呢？迎面走来一头牛，有经验的农民一手扣住牛鼻子，一手伸进牛的嘴巴，摸摸牛的牙齿就知道了。当然这不仅要功夫还要胆量，首先必须拽紧牛的舌头，不然你的手就有可能被牛咬断。小时候我就现场看过，牛的舌头被拽得老长，哈拉子也流得老长，听到大人们说"四齿""五齿"的，就是在说牛的年龄。牛耕了几年田以后，年老力衰，不能再承担大量的田间劳作，大都又用低价卖给了牛贩子。据说，这些劳苦半辈子的老牛被卖掉后，一般都被卖给肉店杀掉。说到此，心里真不是个滋味，人真是有些对不起牛，牛一辈子就这样，一代一代的从唐朝走了几千年走到今天，任劳任怨，虽然不说一句人话，但做了一辈子人的事，一辈子不争权也不夺利，在自己的一亩三分地上重复着自己的劳动。最后人还要吃它的肉穿它的皮，苍天在上，黄土在下，人的残酷性是人从来都不对自己说真话。

　　人总在那里自作聪明。总是自以为是的做一些绝对、武断、自私和不负责任的事情，还胡说什么只有人有思想、只有人有语言、只有人有智慧等等，其他动物的一切聪明之举都被打入"本能"，那架势好像只要有了人就有了一切。人总是这样的阿Q，这样的目空一切又夜郎自大，总缺少对自身的怀疑，结果是在那里自欺欺人。你看看——没完没了的战争、越来越恶劣的环境等等，人类在杀戮动物杀戮弱者或自相残杀，其实归根结底是自己在慢性自杀。所谓的人性不就是一种兽性的人为的合法化、合理化吗？牛不知道，所有不是人的动物也不知道。而，所有的动物，包括牛在内，它们其实和人类一样，有它们自己的表达方式和方法，和它们共居在这个星球上，它们有时候比人要通情达理得多，真正是通"人性"的。

　　我放过的第二条牛叫"小跛子"，因为它的右后腿不知什么原因受过伤，走路总是一跛一跛的，很像我小学一年级的语文老师，他是个民办教师，右腿也是残疾，我们小孩子不懂事也偷偷地叫他"小跛子"。我这里绝没有嘲讽他的意思，我只想说，我同样喜欢他们，他们做出的成绩并不比别人差。"小跛子"之所以能在村子里长期干下去，本身就是一种证明。

　　对牛，我从小就一直都心怀感恩。我可能是在体味到农村或者说农耕生活的艰苦和辛劳之后，才有这样一种深深的自疚。因此我每次放牛，牛不吃饱就不回家。放牛时间长了其实是一项枯燥无趣单调无聊的工作，尽管有时天热、太晚、肚子饿等，我思想里也拼命地想赶快回家，可一看到牛含辛茹苦的模样，心里就不是滋味，内心进行着复杂的思想斗争，最后总能坚持下来。我对牛的好，牛心里也是清清楚楚的，牛向你表示感谢的方式也令你感动。

就拿"小跛子"来说吧，有一次，是个夏天，非常炎热，傍晚我和小伙伴强子放牛回家，路过村子的山塘时，不约而同地跑到山塘里去洗澡，把牛拴在后面的草地上。那时我们的玩心特别大，洗着洗着，天就黑了。等我们穿上衣服准备回家时，只见强子的"小黑牛"还在那里吃草，我的"小跛子"不见了。这可怎么办？我们在山头上到处找，也不见"小跛子"的踪影，我急得都要哭了。只好回家叫大人。一回到家，家里人感到很纳闷："哭什么哭，小跛子不就在棚子里。"我跑到牛棚里一看，嘿！好家伙，"小跛子"正躺在那里闭着眼睛反刍呢！一副悠然见南山的模样，让我又气又爱。我至今也搞不明白，"小跛子"怎么就认识回家的路呢？

后来，我又放过几头牛，其中一头给我印象最深的是它夏天最招惹苍蝇蚊子。一到夏天它全身都沾满这些"害虫"，尤其是两条后腿间和屁股上被叮咬得血迹斑斑，十分的可怜。据大人们讲，这是因为牛皮薄的缘故。为此，我每天放牛回来都要到野外采来许多野蒿草、野辣椒等除蚊蝇的植物，用干草点燃在它的身边进行烟熏火燎，效果十分好，牛也十分喜欢，有时它甚至把整个的后腿就放在火堆的上面。可能是因为我们家对牛照料得特别细心，就是轮到别人家看养的时候，牛还经常自己一个人主动地跑到我们家的牛棚里。今年春节回家，和家人说起此事，他们说现在还经常这样，似乎保持着某种习惯。我不知道这是不是牛与牛之间有过什么交代，可它们是没有见过面的呀？要么就是在我家的牛棚里做了什么记号或者写下了什么文字？我不得而知。但我相信，动物也是知道以心换心的。

用人话来说，牛是低级动物，没有语言没有思想。但牛并非不会表达。牛的叫声虽然非常简单，只有一两个音节，但同样令人感动，令天下所有的母亲感动，这声音就是"妈——"。有好多年我没有听到牛的叫声了，城市里肯定是听不到牛哞的，但我永远也忘不了我家的那个土砖墙垒成的牛棚，还有牛棚前的那一棵弯如犁辕的马尾松，我走近牛，用手轻轻摩挲着它们套轭头的肩膀，摸摸它们的角，牛总是默默地睁着大眼睛看着我，不停地甩着尾巴，低下头来用它湿润的嘴巴闻闻我的脚、我的衣服，舔舔我的手掌，或者打个响鼻，慢慢地，你就会看见有几滴老泪从牛眼里流出来，无声地砸在土地的尘埃里……而一种声音已经穿越乡村的天空和大地重重地砸在了我的心上，溅起的泪花模糊了村庄模糊了我的眼睛，也就是从那一刻起，我想我这一生可能干不出什么比牛对人类更有贡献和价值的事情，我就只能把牛流泪时发出的声音记在心里，就像出门远行时背着父母亲的叮咛，打进我生命流浪的历程……

通人性的牛

一个农民父亲

这是一个农民，一个农民父亲。要写我的乡村生活，我笨拙的笔不能不触及到他和他的灵魂。

他是我小时候的邻居。从我记事时起，在老屋大堂庵的时候，我们两家就是门对门，在搬迁新居后，我们两家又近于壁隔壁。他的妻子和我母亲还很谈得来，每年新鲜蔬菜，如葫芦、辣椒等刚出来，两家还互相送给对方。他的大儿子和我一样曾当过几年兵，小儿子比我小一岁，我们相处得也很好。

他是一个真正的农民，对庄稼的了如指掌和亲切的程度，是村庄里所有的乡亲佩服他的根本原因。典型的庄稼汉的秉性和勤劳朴素的品格成全了他，作为一个最中国本色的农民。传统的农耕劳作方式培养了他，也快乐着他。他就是那种闲不住的人，一个一天不碰锄头手就痒的人，这好比我们爱好写作一样，不写东西心里就闷得慌，就痒痒。说大年初一就下地干活的人，就是他了。那样子好像田地里有数不清的活儿等着他，说得不好听就是没事找事，他扛着擦得锃亮的锄头走进田地，去伺候他的那些庄稼。他的锄头就这样一年四季的亮着，沿着庄稼的长势，锃亮锃亮地晃人眼睛，照亮了乡村的土地。这样一个爱土地爱农具的农民，肯定是一个好农民，到了秋天，也肯定应该有一个好收成。远远地看他，他站着、蹲着或者跪着，他在大地上的形象，好像是大地的儿子或者母亲。你随便看看现在粗糙的田地，问问自由生长的庄稼，你就知道，现在，这种农民已经在中国消失了。

但他的确又不是那一种纯粹的农民。他农闲时还会做一些小本生意。这样的生意他似乎都是先前就预算好了的，从来就没赔过。当然他的生意还远远不能称得上是商业，他更不可能成为真正意义上的商人，还只能算是原始意义上的一种产品的交换或者叫买卖吧。这些产品大都是出自他的土地，诸如黄烟，这种相当有些古老的手工业，竟然在他的家里仍然存在着，这是 20 世纪 90 年代的事情。他在山地里种了好几亩黄烟。而黄烟又是一种极其难伺候的作物，非常容易招惹虫患，而且还要细心地打叉、浇水、施肥，我很小时家里也种过。那时的农村，是没有现在琳琅满目的香烟的，抽的大都是农家土制的黄烟。而烟筒大都是用竹鞭做成的，在根部凿上一个小眼，估计后来的烟嘴就是它演化而来的。到了后来才有了"乡里干部抽玉猫，村里干部抽双猫，普通百姓白纸包"的说法。而他呢，仍不失"商机"的做着黄烟的土买卖，因为乡村确有一大批仍爱抽黄烟的老农民。

我现在仍然还想得起他背着小包出门卖烟早出晚归的背影，那是一个父亲的背影，是朱自清散文中的那一种背影。我不知道那双腿走遍了多少个村落，但我知道，我小时候在农田里曾看见过他的腿，那绿茵茵的经脉凸起如盘根错节的树根一样的腿肚子，鼓鼓囊囊的，却又是坚实有力的，上面沾满了泥巴，这是一个典型的过早付出苦力的农民的腿肚子，插在泥土里，像一根经过年深月久的风吹日晒颜色乌黑有些朽了的木桩，牢牢的，又明显经历了风雨的洗蚀，沧桑中有一种悲凉。我想这该是一幅乡村的油画，画面的冲击力已经穿越了任何色彩。

知道他得了癌症的消息，是我上军校后的事情。那时他的小儿子高考落榜后录取了一所需要交钱的委培学校，而他的大儿子、二儿子已独立门户，女儿早已出嫁。老夫妻俩的生活自然艰难。一天晚上我去他家，他的小儿子不在，老夫妻俩正为小儿子上学发愁，一学期三四千元呀！这在还很贫穷的乡村是一个很大的数字。我不知道该说什么才好，从身上掏出一百元钱给他。他也知道我家其实也不宽裕，何况我也刚上军校。钱是我靠写点小文章挣的一点稿费,我劝他收下。他躺在床上,怎么也不肯收,但我知道他内心里多么需要钱呀!我好说歹说,他才收下,说:"晓平,我将来一定叫小强还你,你一家真是好人呀。"小强是他的小儿子。直到今年春节回家,和家人无意间谈起了他,我才把这事说了出来。而他已经死去快三年多了。

　　说到他的死,我还要多说一些。我军校毕业后调到北京工作。家里来信说他患的直肠癌已做了手术,目前正需要购买一种药物治疗,具体叫什么药,现在我已经忘了,而老家的医院、药店也都买不到,就是做手术的那家医院也是限量供应,请我在北京想想办法。好在我有位好战友的妻子在解放军总医院工作,托他们买了不少,邮寄回家。据说,吃了以后,病情恢复很好。后来,不知为什么病情又复发了,而且非常厉害。据乡亲们说,这可能与他闲不住有关,生病了仍然还干着繁重的体力活,帮助儿子家盖新楼房、背石头。其间可能与不怎么孝顺的儿媳妇有些口角,心里很不痛快,心灰尘意冷,病情加剧,不久就突然死去了。

　　再后来,乡亲们说,他是自杀的,是吃"老鼠药"自杀的,死的时候很痛苦。怎么不痛苦呢?就连我现在写下这些不痛不痒的文字的时候,我的心都是酸痛酸痛的,我不敢想象他那张鱼尾巴一样的眼角流出的人生的最后一滴泪,是怎样在他那张死而不甘心的苦痛的脸、欲哭无语的脸上滑过……自杀那天早上,他向儿媳妇借了一块钱,然后步行五六里羊肠田埂小路到我们那个名叫公岭的镇政府的集市上,花五毛钱买了点油条什么吃的,剩下的五毛钱就买了老鼠药。然后又走一阵、歇一阵,直到黄昏时才回到家中,怀着别人无从知道的苦痛,心安理得地平静地死去。我无从知道他是怎样走回来的,当他以无限的怀恋之情,看着他曾经劳作、熟悉的一草一木和土地,那最后一眼里平静从容的告别,心里该是怎样的波澜?那真是一种说不出的痛啊!他还佯装成没有吃老鼠药,临死时还要为儿女撑面子。因为自杀是非命,非命死在农村是一件不光彩的事情啊!

　　而我后来又从家人的口中得知,我托朋友从北京买的药,他只吃了一半,就又以高于药原价一倍的价格卖给了别人。我知道,没有钱

血肉青铜

的痛苦或许比病魔的痛苦来得更残酷更折磨人，他也是没有办法啊！

我犹苦如牛马仍面带微笑的乡亲，多少年以后，我仍然在北京在我的文章里为你饱含泪水，我只是祈祷，

——你一路走好！

漆 匠

漆匠姓余，是我家从老屋搬迁后的新邻居。我在散文《老屋》里曾提到过他——就是我家盖新房子时那个向大队干部"告密"的人，那人就是漆匠。

在我们生产队里，大都是姓丁的，姓余的就两家，漆匠就是其中之一。

漆匠是单传。他父亲在我的记忆里是个手捧铜水烟筒，留着山羊胡子的羸弱的有些佝偻的瘦老头。我没见过他的母亲，估计早就死去了。因为是独生子，估计从小就养得娇惯，我小时侯就经常看到或听到漆匠骂他父亲，据说还在他老爹面前有过小小的动手动脚。所以年轻的漆匠在乡亲们眼里是个不孝之子。我们小时侯不听话，漆匠就成了活生生的"反面教材"，母亲经常骂（其实是教育）我，"你看看人家漆匠，让别人骂，你长大了也成了漆匠就好了，让别人骂!"

漆匠有三个女儿，大女儿跟我同年，二女儿跟我大哥的二闺女同年，小儿子和我大哥的儿子也同年，所以孩子们经常在一起玩，尽管漆匠曾经在我家盖新屋时做了一些见不得人的"小动作"，但那也是因为政治历史的原因，我们家也从不计较，就是父亲平反以后，也从未提起。只是母亲和大嫂就难免有些农村妇女的那种小家子气，经常跟我们说起此事，但也只是关起门来说说而已。但漆匠有些事情的确做得不是很地道，让我小时侯就有些瞧不起他。

有一年，当然是父亲还没有平反的时候，我家门前和他家门前接壤地带，有一小片开阔地，他想要过去挖一口水凼，用来养喂猪的水浮莲。最后自然是"胳膊扭不过大腿"，就"割让"与他。谁知就在他把这个水凼挖到一半时，他家小儿子的一只手臂突然僵直、发青，不能活动了。他们四处求医，打针、吃药也不见效果。他们就去找算命的瞎子先生算卦。算命先生算来算去，问他家门前是否有一座古坟，又问他是不是最近动了古坟的土，他就如实回答。最后算命先生就叫他回家把那口水凼填了，给亡灵好好烧一些纸钱祭奠一下。漆匠就听了算命先生的话，填了水凼，儿子的手臂真的就立马好了。我不知道这算不算迷信，但确实是真实的在我们身边发生过了的，如今想来仍很神秘，我自己也觉得很茫然，难道这里面还真有什么因果报应？

后来，我上学、当兵，我们两家仍然做着比较好的邻居，不算亲密，但也是礼尚往来，互相有一些照应。我记得有一次，大概我已经上了高中，暑假的一天晚上，漆匠到外面做油漆的活了，他家中只有他卧病在床的妻子和三个孩子。吃过晚饭后，我们正在家看电视。突然，我们听到他家的三个孩子哇哇大哭起来，我们就都跑过去看到底发生了什么事。一看，他妻子在床上晕死了过去，说文雅点就是休克吧。左邻右舍的乡亲围了一屋子，有些慌乱了。这时我父亲走了过去，用拇指掐住了她的人中，过了好一会儿，他妻子才苏醒过来。后来我大哥和大家一起又帮忙把她送到了乡卫生院。几年后，大概是我当兵的第三年回来，漆匠的妻子还是死了。中年丧妻，漆匠真的是很苦的，我顿生同情。看到他明显苍老了许多，而且耳朵也有些聋了，我心中突然有一种沧桑感，那感觉可能比可怜更加真实和深刻些。再后来，他的两个女儿也相继出嫁，只剩下他和还不满十八岁的儿子，孤零零的，有些凄惨。好在两个女儿还挺不错，经常回家看看，帮助父亲和弟弟洗洗衣服、喂喂猪什么的，做点家务事，让这个家还像个家的样子。

其实，关于漆匠的故事很多。要说他是什么样的人呢？我也不好说。说他欺软怕硬吧，但他心地也不见得有多坏，他也不会玩什么尔虞我诈、落井下石，在背后搞什么阴谋诡计。他就是那么一种人，用一种肤浅的农民式的狭隘的心理去做一些本来不该做的往往又自讨苦吃的愚蠢的事情。譬如，在农田里干活，他就经常因为用水、因为农具和耕牛的使用问题与别人发生争吵，收胳膊挽腿地在泥田里打架，骂骂咧咧地像唐老鸭样讲着自己的那份道理，却总不被别人放在眼里，连小菜都算不上，让人奚落得落花流水，啥也不是，有理也成了蛮理、蛮理成了无理，结果惹祸上身，却被别人骂得狗血喷头，还不如一个"娘们"。我就亲眼见过，我的一个堂嫂站在泥田里和他理论的情景，双方争得面红耳赤，不相上下，结果那位嫂子不分三七二十一，什么青红皂白，上去就是一个耳光子，打得漆匠顿时成了一个瘪三。但这时他往往还不知好歹，停顿了一会之后还不知趣地大声说："你还打人，你还打人!"摆出一副好男不跟女斗的架势，看着人家扬长而去，不久就没了声气，偃旗息鼓，败下阵来。日子久了，像这样的事情，乡亲们也很少上去拉架，因为漆匠的争吵就好像一场蹩脚的电影，刚刚开始就知道了结果，没了兴味，显然拉架已经失去了意义。而漆匠就是这样的一个人，大家似乎对他已经失去了同情。用乡下的土话讲，他是"烂泥巴糊不上墙"，是个"傻人"，比傻冒还愚的人，那意思估计是在愚和蠢之间。

漆匠是我的邻居。我每年春节回老家见到他时，我们都要聊上几句。他几乎每次都要重复地说"哑子（我的乳名）是个好小伙子，将来肯定能找个好老婆"的话。我只是笑笑。他妻子死后，他基本上不怎么活动了，都在家待着，孤苦一人，有些凄凉。春节按照乡下的风俗，大人们都要一家一户地走动走动，拜拜年，就是两家曾经有过矛盾和隔阂，年三十和大年初一这两天也是要满面春风地相互祝福，到人家里小坐、喝杯茶、抽支烟，这是现在的都市里所难以见到的稀罕事情了。但我看到漆匠只是坐在家中招待来往的乡亲，外面的应酬全交给了快成年的儿子了。前年我父母从乡村搬到了县城，因为时间关系，这两年我就没回农村的老家了，我也就没见到漆匠，据说他家日子比以前好过多了，也建起了楼房，现在正托人给儿子做媒说亲呢!

说真的，此时此刻，我还真有些想念漆匠，想念我乡村的那些乡亲和童年的伙伴。他们其实都是勤劳善良的中国农民，而我骨子里也和他们一样啊！我没有理由不热爱他们、宽容他们，因为我知道，那正是热爱和宽容我自己啊！

　　——漆匠。

丑女，谢谢你的美丽

说起来这是十年前的事情了。那时我还在南京的一所有名的政治学院新闻系读书。一个傍晚我看见学院宣传栏的海报上有一个"理性与非理性"的讲座广告，主讲人是哲学系的一位不认识的年轻教员。那时，我这人对哲学的兴趣远远赶不上诗歌。但我还是有一搭没一搭地跟着"睡在上铺的兄弟"一起溜进去听一听。说老实话，如今十年过去，这篇报告的"哲学"内容我早已经忘得一干二净，甚至连这位老师的名字也没有记得，但他讲给我们的一个他亲身经历的故事却让我一辈子也难以忘却。毕业以后，我还听说他的这篇报告后来被收入了《中国哲学年鉴》。

下面就是这个故事，我给大家复述一遍。

一个很凉爽的初秋，应朋友之招远足深圳。吃过午饭，朋友约我去楼上的写字间。当我迈步踏上电梯的一瞬间，无意间看见右侧的一个房间里好像有好多人在听课。或许因为自己刚从学校毕业，敏感于课堂的氛围，便觉得非常好奇，我便提议进去看看。

我轻轻的溜进门，躲在角落，偷偷地扫视了一下全场，屋内不过20来人。但让我惊喜的是，这20来人竟是清一色的女人——清一色的漂亮女人！来深圳之前曾听说过"全中国的靓女们都在深圳"，那一瞬间给我的感觉真是百闻不如一见。我慢慢地把目光移上讲台，想仔细看一看是谁在给这群靓女们讲课。我一抬头，一下子竟无语凝眸，我呆了——那个口若悬河的女人——敞敞的额头，高高的颧骨、宽宽的下巴，大大的眼睛深深地陷在瘦削的脸上——一个典型的"越南人"，一个十足的丑人——丑女人！这样的丑女人竟给这群靓姐靓妹们讲课，真是不可思议！

我正想着，只见丑女走下讲台，来到一个漂亮小姐的身边，问她："今天听完我的课，你认为你将来每个月应挣多少钱？"那位小姐肯定地回答说："我以前每月工资是 1500 元，听完你的课，我觉得我每月应该拿 3000 元。"

"3000？太少了！你们要记住：将来你们无论在哪里，你们每个月拿 3000 块，就别说是我的学生，你们至少应拿 10000！"

丑女的话让我吃惊。我的直觉告诉我，她是一个不一般的丑女人。就在这样简单的一问一答中，她的自信和气魄突然间成了一种魅力，诱惑着我想去认识她想和她谈更深一些的东西。

经过朋友的穿针引线，丑女十分大方地给了我这样一个机会，在时间就是金钱的深圳，她耗费了半个下午的时间跟我做了一次长谈。交谈中，我才知道她是一个经纪人，目前她的"顾客"门庭若市，工作十分繁忙，需要许多小姐来帮助她完成各项任务，所以就带了20 多个学生。

因为她很丑，我就十分关心她成功的过程。当我问她在创业时是否遇到过困难时，她却十分干脆地问我："你是不是担心我很丑？"我连忙支支吾吾地说："不是这个意思。"她说："当初来闯深圳时，我遇到许多困难，开始我便买了本电话号码薄，给 400 家公司打电话，结果只有一家愿意和我面谈，因为期货的风险很大。其实，我也知道我很丑，不瞒你说，深圳这个地方是以貌取人的，但这个貌不是相貌的貌，而是衣貌的貌，确切地说是衣貌取人，所以我花尽了所有的积蓄，用来包装打扮自己，这可能是我成功的第一步。"

她说，其实，生活总是很公平的。尺有所长，寸有所短。而人，也各有自己的优势和劣势，关键在于你能不能从自己身上发掘自己的优势，相信自我，战胜自我。如果将自己的最大才能和潜力发挥出来，自己的劣势或许会变成自己的优势，自己也就成为一种美丽的风景，她说："我很丑，但是我相信我很优秀，所以丑也成了我的优势。"

她从五个方面给我分析了丑女人的优势：第一，漂亮小姐去找老板求职，老板一般不会轻易相信你甚至怀疑你的能力和目的，而丑女人不会；第二，漂亮女人如果取得事业的成功，往往会被人嫉妒、会被人说是来路不正、会困惑于可畏的人言之中，而丑女人不会；第三，漂亮女人去找老板求职，如果女秘书看到你比她更漂亮，她就会用种种真真假假的理由非常客气地打发你走，而丑女人不会；第四，丑女人如果气宇轩昂风度翩翩地走进写字楼，老板或许从心里很佩服你，猜测你是"来者不善"；第五，丑女人可以不必担心别人对你想入非非，可以一心一意地干好自己的事业，不受骚扰。

听完她这些有理有据的分析，我实在为她的这套"丑女哲学"而感动，就像被这一块神秘的磁铁吸引住，很难有多余的语言来注释这种情境，或许只能以点头和微笑来表达。她让我领悟到她的确是个有思想的优秀女人。

谈话结束时，丑女希望我和她共进晚餐。丑女大方得让我吃惊，一顿竟花了1000元。对此，我实在感到有点铺张和不安。她却平静地说："如果一个女人不满足于吃汤菜，她才会有追求有希望。"她说像我这样的经纪人，如果自己衣食寒酸，哪个老板会放心地交几百万几千万让你去干？说完这些时，她突然顿了一下，像是思考什么问题。一会儿又问我："你猜我在想什么？"我说："是在想下一个更大的目标吧？"她摇摇头，说："今天上课时我忘了一件事，忘了叫她们在谈生意时一定要穿连裤袜。"我很诧异，她说："在和老板交谈时，如果你穿的袜子从腿上往下滑，你就会失去信心的！"

故事讲完了。讲堂里出现了瞬间的寂静。然后是雷鸣般的掌声。那一刻，我们不知道是在为老师鼓掌还是在为故事中的"丑女"鼓掌。

但无论怎样，这个故事让我们在心灵里"哇声一片"。

那时候还不流行"哇噻"这个词语。但十年后的今天，我想起这个女人，我仍然为这样的她唏嘘不已。这是怎样的一个"丑女人"呢？她的"哲学"，其实就是一份"丑女美丽宣言"。在那一瞬间，我对她充满着神奇的赞叹与遐思。就像清晨睡醒，灿烂的阳光随风透过屋外的树叶穿过窗棂，摇曳着印在自己惺忪的眼睫上。红尘滚滚，人海茫茫，就这么简单，我仿佛一下子发现了她的清新和空灵，她真的很美很美！——如今，她的那种自信、忍耐和不屈于世俗而生存的美丽，总如阳光一样灿烂于我的心田，总让我在失望中找到希望，在自卑中找到自强。

丑女，谢谢你的美丽

理想，生命的呼吸

　　无论是就一个人、一个集体还是一个民族而言，现在的确是应该讨论一下还需要不需要理想这个问题了。随着时空的延续，今天许多人似乎已经忘记了理想对于人生的意义，而一味地求实惠、求实权、求实利、求实名，对于欲望却是大力的倡扬和放纵，致使理想失去了魅力。这些人在迷惘中也不知不觉地失去了精神家园。

　　理想对人之重要，自不待言。因为，人是一种高级动物，是一种有意识有追求的生灵。人活着不能离开物质追求，更不能没有高尚的精神追求，不能没有灵魂的支柱。物质生活是人得以生存和发展必不可少的条件，尊重和保护人们正当合理的物质追求，鼓励人们务实求富，用诚实的劳动争取美好富裕的生活，是社会主义的本质要求。但物质生活和物质追求仅仅是人生内容的一部分，不是生命的全部价值所在。而崇高的理想、坚定的信念和强烈的事业心就是促进人们热爱生活、创造生活的强大动力。一个社会如果物质生活丰富，而精神生活贫困，这个社会必然缺少生机和活力。一个人如果只是满足于物质追求，没有精神追求没有理想，其人生必然是苍白和空虚的，如同行尸走肉，一副臭皮囊而已。此种人，司马光称作"蝉骨蜕"，诸葛亮说得文雅些，称其为"碌碌滞于俗，默默束于情"的凡庸之辈。因此自古以来，人们对理想就看得十分重要，就像屈原"路漫漫其修远兮，吾将上下而求索"那样的执着和热情，这就是理想的魅力。

　　去年夏天，我到一个很贫穷的山村采访，那里很愚昧很落后。可就是在那么一个偏僻闭塞的角落里，我遇到了一个靠讨米读书的小女孩，她衣衫褴褛，鞋子破旧，头发也没好好地梳过，一对忧郁的大眼睛里却闪烁着理想的光芒。我问她："你为什么要去讨米要饭?"她说："我要读书！我要上学！"原来她父亲早逝，母亲改嫁，她和弟弟相依为命。这还是一个刚上初中的中学生啊！是一个穷山沟里长大的小姑娘啊！我很感动。我流着泪写下了她。文章在《安徽日报》《中国青年报》发表后，反响强烈。一位北京的读者在捐款的同时写信给我："这是一种精神，她的理想感动着我，我相信也会感动每一个人。城里的孩子不知艰苦，缺少的就是这个。"在海内外众多的捐款人中，有一个打工妹一下子就捐了500元，她从自己没有实现读书上大学的理想的苦痛之中，深深地为这个小女孩感动，要给小女孩的理想之灯里加一点"油"。我想，这就对了，人们并没有失去理想。像这样的小女孩，我相信我还会遇到。我写她，因为她的"我要读书"的声音很重要，这是理想的魅力，会对人产生影响，比如对我就是一个极大的震动。我要把她的声音放大，并将她的形象记在心中。这样，在她的周围和我的周围就可以形成一群类似的人，有理想有追求，有再大的困苦，也不害怕也不退缩，这就够了。这是社会的需要，也是未来的需要。

一位作家说："精神的一度荒芜，总是意味着它将焕发出更大的魅力"，"这个时候坚持下来的思想家，不仅是生活的希望、时代的良知，而且还会成为下一个时代的星光"。作为一个有价值的人，就应该有崇高的理想追求，人生的境界才能提高，视野才会开阔，对物质的追求才有正确的方向，他才能创造出具有丰富内涵的人生。外国一位名叫布朗的作家，在《什么是生命的价值》一书里就告诫人们"要有信仰"。她说："信仰就像呼吸那么自然。"

我说，理想，也是一种生命的呼吸！

北京火车站记事

什么是善？所谓"善"就是能引起（或增加）快乐或减少痛苦的东西（洛克《人类理解论》）。我们这个民族，是一个非常善良的民族。孟子说，恻隐之心、羞恶之心、恭敬之心、是非之心人皆有之。他把这人皆有之的心肠，统称为"良心"。在我们民族的历史上，善良作为传统道德的一个重要范畴，人同此心，心同此理，维系着我们这个民族大家庭，成为道德评价的一把尺子。

小时候，父母亲总是教育我们要行善事、积善德、做善人，才有善报。父亲还要我在日记本的扉页上抄上刘备"勿以善小而不为，勿以恶小而为之"的教子名言。如今我在生活的海洋里扑腾了 20 多年，也走了一些地方，见了一点世面，结识了一些人物，做了一点小事，才真正领悟到：不行善，便不可能得到善，而最大的善就是从自己的良心出发，求得心灵上的一种安宁和快乐。

今年 7 月 12 日，有朋自吉林来，中午我到北京火车站接他。因为天气炎热，我买了两瓶矿泉水就和司机进了站台。车还没有到，我们就坐在站台上看报纸。这时，我听到有人站在我身边说："给我一点水喝喝吧？"我抬头一看，是一位头发花白、衣衫整齐的老大娘。我就将自己的矿泉水递给她。她满脸的感激，不停地说"谢谢，谢谢!"就走到不远处的台阶上坐了下来。我也继续看我的报纸。可不知为什么我再也看不下去了，良心告诉我，这老大娘是不是遇到了什么困难？不然，她怎么会向我乞讨这一点水喝呢？而且她穿得那么整

血肉青铜

洁，年龄也接近古稀。于是我就跑过去问她是怎么回事。原来她和老伴从河南新安老家去哈尔滨看望妹妹，买的是通票，在北京上车时，人多，老大娘没挤上，便一个人落在了北京，只好等下一班车。天气炎热，口干舌燥，身无分文的老大娘在无奈中看到了我这个当兵的，才鼓起勇气向我讨水喝。我一听，很是同情。一边安慰一边掏出身上仅有的十元钱给她，叫她买点吃的。她怎么也不肯收下，我说"我是真心的，您就不要客气了，我母亲和您年龄差不多，您不收下，我今天晚上就睡不好觉的!"她这才勉强收下。这时，我要等的车也来了。

后来，我在家信中说起这事。干了一辈子教育工作的老父亲立即写信给我，说："存心善良，扶弱济危是应有的正义之举，你能帮助那位老太太十元钱，自己也感到舒坦多了，这样做是值得我赞扬的，你做得对做得好! 我过去也曾遇过危难也被人救过，我也救过别人。善良总比邪恶好，这是善果必有善报的。"

父亲的表扬给了我很大的鼓舞。说句心里话，如果那天我没有给老大娘十元钱，我的良心肯定会陷入深深地自责和痛苦之中。而实际上我在做这事的时候，并没有期望得到什么结果，更没有奢望得到什么报答。我总在想，茫茫人海，芸芸众生，在漫漫的人生征途中，你未曾见过我，我未曾见过你，我们相逢在某一个不曾相约的地方，不问我从哪里来，也不问你到哪里去，分手时也不曾留下各自的姓名。只是在你在我在他困难的时候，伸出一只热情的手，相互给一点温暖一点力量一点爱，虽然微不足道，但却至关重要。我认为这是一种良心的发现一种人性的复归，是一种良知的呼唤一种正义的呼唤。

精神文明不是要从举手之劳做起么？人人为我，我为人人，大家都从自己的良心出发，从身边的小事做起，一点一滴互相关照，奉献爱心，这就是最大的善最大的快乐。孟子曰："其所以放其良心者，亦犹斧斤之于木也，旦旦而伐之，可以为美乎？"如果我们天天给良心之树浇水施肥，而不是去砍伐，它能不茂盛么？

善，莫大于心安。有良心的人做了有良心的事，心里才平静，才快乐，才发现世界真美好! 心安也是一种境界。

火车上的一位父亲

2000 年的 5 月，中原大地已经是酷热难耐。和同事从洛阳开会乘 532 次回京。火车依旧是儿时就坐过的那种草绿色没有空调的。那真是一个热得头昏脑涨下午，每一张脸都很枯燥。而我又是一个好事的人，喜爱和周围的人套点近乎，尤其是在外旅行，找一个陌生人聊聊天是一件轻松愉悦的事情。孤独不会打搅你，寂寞不会伤害你。

和我临床的是位约摸四十六七的男人，中等身材，却非常敦实。我们便随便聊了起来。他和我一样也到北京，他的小孩在车厢的那一头。"五一"已过，不会是出门旅游，况且天气炎热。在他否定出门做生意的声音还没有随风而去，我突然下意识地感到——他或许是带小孩到北京看病。

我为自己有这种猜测感到不安，我不敢再问下去。

列车晃晃荡荡地在热风中行走。我们之间有了一阵短暂的沉默。当他知道我是军人之后，他又主动地与我攀谈起来。原来他也曾当过兵，在山西的空军服役。他给我讲他当兵时的故事，唱当兵时的歌曲。谈话间，他的儿子——一个约十四五岁的瘦弱男孩，从那边走来，在和父亲说了几句我们听不懂的家乡话后，又离开了。话题就不知不觉地转移到这孩子身上。

这是个可怜的孩子！

男人告诉我，孩子的内分泌系统出了毛病，是来北京协和医院做定期检查的。他说这趟火车他不知道坐过多少次了。从孩子 3 岁那年开始，孩子就离不开他了，每周都要给孩子的三角肌、大腿内侧、屁股、肚脐周围等 7 个部位进行注射。他说他现在是"儿子久病父成医"了。为了儿子，他从机关改行当了司机，跑过长途也跑过出租，现在凭自己的技术，当上了一家企业车队的队长。孩子的病是因为妻子难产，医院没有及时做剖腹产，导致小孩脑垂体损伤，影响了骨骼发育，也就是他讲的内分泌系统出了毛病。

我不懂医术，自然不知道内分泌系统出了毛病是怎么回事。从他后来的谈话中，我还是清楚了事情的严重性——这孩子患的是脑垂体侏儒症。

侏儒？

矮人！

表面上镇静的我，像被雷击了一下。我不敢再问，不敢再说。我怕再说别人会受不了，自己也会受不了。我甚至后悔自己"好事"的毛病，不该在别人的伤疼上打破沙锅问到底。这是多么残酷的事情啊！

侏儒症的医疗费高得惊人，就是在发达的资本主义国家，普通家庭也很难支付。我为自己没能力帮助坐在我对面的这位父亲而感到难过。

"你应该起诉那家医院！为什么不通过新闻媒介请求社会援助？"我似乎找到了为自己开脱为别人担忧的理由。

"算了，已经成了事实，怪谁也没用，我们自己也有责任……"至今，他也没有把孩子的病情告诉那家医院和那位接生的医生。

我这时才认真地打量着我面对的这个男人——父亲——没有悲观没有忧伤没有责怨没有乞求——只有乐观只有信心只有勇气只有责任只有爱。他的妻子是名教师，至今仍经常半夜醒来，在他的肩头痛哭不已，觉得对不起孩子。而他，女人承受不了的和不能承受的，他都得自己扛着。谁叫是男人呢？谁叫是父亲呢？

我为他竖起了大拇指。我记得我不停地竖了好几次。

他说，好在孩子加入了国内一个医疗实验小组，在医疗上可以享受一些特殊的优待。但尽管如此，要使孩子身高增加 1 厘米，也得花费两万元。这个数字背后的文字，我没有办法写出来，可以想象，在河南偃师这样一个县城里生存的他们，该是怎样才能以满面的笑容把这一现实接受下来？

列车进入了晚间运行。他的儿子过来跟父亲打了个招呼，又回车厢那头睡觉去了。

"你猜猜看，他有多大了？"他突然问我。

"看上去十四五岁吧？"

"十八了。"

孩子的外貌与孩子的实际年龄相差三四岁，看上去不像患病的孩子。从医学上来讲，这也算是一个奇迹。

"他现在有多高？"我问他。

"一米五。我的目标是一米六。"

对一个正常人来说，这或许不算什么追求。可对他们来说，这样的目标是多么的残酷，还需要多少艰辛？看着男孩瘦弱的身影爬上了中铺。说真的，我真为他惋惜心疼，又为他有这样一个坚强的父亲感到由衷地激动和欣慰。

第二天阳光明媚的早晨，我们在北京西站握手告别。我真诚地拿出一百元钱请他给孩子买点营养品，他说什么也不肯收下，只留下我和同事没有吃完的两盒"康师傅"，还不停地叫孩子说"谢谢叔叔，谢谢叔叔……"。

我们都没有留下姓名，就这样萍水相逢，匆匆而聚又匆匆而别，留下的除了我对他们的祝福，还有我仍存心间的愧疚……

陌生的人呀，有一种力量已让我泪流满面。

华顶杜鹃

海拔是一种境界。

——题记

　　不知道这是不是一种风景。在浙江天台山脉的崇山峻岭之间，有一座山峰直插云霄，突起的山顶上有一个大大的"蒙古包"，远远地看去像是从天堂落下的一个星球，停在山颠，使乍到这儿的人，不免有些惊恐，怀疑自己是不是可以一步登天。这就是华顶山。在这儿生命力最强的植物就是那些顽强生长的野生云锦杜鹃了，它们把根深深地扎入岩石之中，艰难地吸取着大自然的营养，却十分茂盛地生长、盛开着。生活在这里的除了这些云锦杜鹃，还有海军航空兵某雷达站的几十名官兵。他们担负着祖国东南海空的警戒任务，是"祖国的千里眼"。

　　华顶山海拔 1098 米。差两米，华顶山的官兵们就可以享受总部统一下发的高山补助。两米之差虽然没能让华顶山的官兵领到高山补助，可老天爷和山神爷并不因此就不让官兵享受它们赐予的"高山待遇"。新上山的人，一开始都要闹一段时间的头昏脑涨发烧拉肚子，华顶山的官兵戏称这是"高山反应"，是"华顶人"上山工作的第一门"必修课"。

　　这里的生活是艰苦单调的，艰苦单调得让人难以想象。去年，华顶山下国清寺的一位和尚上山修行，住进了官兵们营房附近的茅屋。

可不到半年时间，四大皆空的和尚实在忍受不了生活的艰难，只好背起经文下山了。走的时候跟华顶山的官兵告别，不好意思地说："缘分不够，缘分不够……"可华顶山的官兵们却骄傲地说："我们和华顶山有缘，我们和祖国的万里海空有缘!"就是凭着这种坚定的信念，"华顶人"无怨无悔，生活战斗在华顶山上。

叶慎斌是分到华顶山的第一个本科生。他告诉我，和许多年轻的官兵一样，刚分来的时候，每天工作结束后就只能遥望山外的世界，一开始觉得蛮新鲜的，这儿没有都市的喧嚣，有城里人享受不到的宁静。以前早就想找个无人烟的地方，理一理自己纷乱的思绪，到野外到大自然去潇洒一把自己的青春歌喉，吼出自己年轻的激情，吼出自己青春的"摇滚"。是呀，这儿的每座山头都有"华顶人"的回声，发泄过他们过剩的激情。可现在，当初的感觉再也找不回来了。365个日日夜夜，只有山风和杜鹃的和鸣，只有寂静。这群十八九岁二十出头的小伙子能不想家吗? 能不思念外面的世界吗? 说不想，那是假话。山外的世界热闹繁丽，山外的世界很精彩，可如今，这热闹是别人的。

当别人在都市高谈阔论的时候，当别人在豪饮大啖的时候，"华顶人"或许正在为生活与老天爷山神爷战斗着。去年腊月二十七，教导员带人下山采购年货，本想买好就回来，可老天爷却跟"华顶人"较起了劲，一下山就下起了大雪，一直下到年三十。风雪停了，可山路上半尺厚的大雪却挡住了上山的汽车。怎么办? 从山脚到山顶，走盘山路有七八公里，而山间小路都是悬崖峭壁，稍不留心就会粉身碎骨。"老天爷不让咱们好好过年，咱们非要过个好年。走! 咱们把年货背上来!"不难想象，扛着几十斤重的东西，一步一跺，一步一个脚印地往山上攀登，官兵们汗流浃背，内衣湿透了黏在身上，那滋味能好受吗?! 从早晨到下午4点，几十名官兵往返了四五趟，外衣冻成了冰甲，眉毛、头发上挂满了冰花，那场面像是在拍电影。"华顶人"说那情景好像是在"林海雪原"，从山脚向山顶望去，白皑皑一片，官兵们成了攀登珠穆朗玛的勇士。其实，这还不是最艰难的。听"华顶人"讲，有一年，大雪把华顶山封了120多天，因为积雪太厚，山下上不来，山上下不去，"弹尽粮绝"的官兵们只好用无线电向上级请求空投……

家人不是没有埋怨过"华顶人"，在家中既不是合格的丈夫，也不是合格的父亲，更不是合格的儿子。他们的工作没有8小时的概念，什么时候有任务有演习，就得什么时候开机，往往是通宵达旦，有时一个月甚至大半年也下不了山。节假日妻儿都盼望着山上人回家，也像别人家一样举家"休闲休闲"。爸爸早答应女儿说"行"。可临到节日，任务来了，只好一脸无奈，"好爸爸"又变成了"坏爸爸"。老站长王军强，本在机关工作，离家只有几百米。而他却放弃安逸的生活主动要求来到华顶山，任职两年没有休一次假。1996年春节，妻子把电话打到山上，说非要带孩子上山过个团圆年。他劝妻子大雪封山，车开不动就不要上山了。妻子说："就是爬，我也要背着女儿爬上去！去看看你们华顶人。"没办法，严明的"华顶人"最终也拗不过这样理解他们的女人。官兵们就一起跟着站长顶风冒雪往山下走，一边走一边喊"嫂子！嫂子！"那情景一下子就能让人想起电影《赵尚志》，似乎这茫茫雪野就是电影中的一个情节，那首好听的《嫂子颂》"嫂子，嫂子，借你一双大脚，踩一溜山道再把我们送好……"仿佛也回荡在这山谷之间。王军强和妻子女儿在半山腰相逢了。他脱下大衣，紧紧地裹住妻子和5岁的女儿妮妮。妮妮看着满山的风雪云雾，冲着爸爸就喊："爸爸，爸爸，您是在天上当兵吗？"摸着孩子的头，七尺男儿眼里已噙满了泪水……

已很不年轻的工程师郭国良在华顶一待就是17年。站里的官兵都叫他"老华顶"。6000多个日日夜夜，他每天早晨起床后的第一件事，就是攀登263级台阶，上山顶检查雷达。一次，他刚上10多个台阶，脚底一滑，身体重重向后倒去，顺着台阶滑出两丈多远。战友们将他抬回宿舍，站长也下了一道"死命令"：一个星期不准上机。可当天晚上，他又一瘸一拐"偷偷"地爬上了山顶。还有一个冬天，雷达发生了故障，而3天后就有演习任务，急需下山领器材更换。可是大雪封山，崎岖的山路隐藏在白雪之中，每一步都有可能叩开死亡的大门。怎么办？郭国良以"老华顶"的名义立下军令状，要求下山。当他拄着拐杖，深一脚浅一脚地上路的时候，所有的"华顶人"都站在山口默默地为他送行……经过 8 个小时的艰难行走，他终于安全下山，保证了演习任务的圆满完成。是呀，正是因为有了像郭国良一样工作起来敢叫劲的"华顶人"，华顶山雷达站才有了连续 10 年情报优质率百分百的骄人成绩！

而被"华顶人"戏称为"华顶寨主"的雷达站站长，虽然换了好几茬了，但哪一茬都是"华顶人"的大拇指。为了改变华顶山这种"春天雾弥漫，冬天雪封山，春秋穿棉袄，风吹石头跑"的环境，把"寨落"建得有生机有活力，这几年，"华顶人"可想了不少办法。他们自力更生开荒种果树、种蔬菜，有了"华顶南泥湾"，还办起了一个年饲养 20 头猪的养猪场，6 条狗也在这里安家落户，华顶山有了这么多的生灵，给这寂静的山谷添了几分热闹，几分情趣。"华顶人"又着手建起了"华顶俱乐部"，电视机、卡拉 OK、台球置办起来了，乒乓球室、棋艺室、图书阅览室建起来了……听！他们还自己创作了华顶山雷达站站歌《华顶兵》：

雾海迷蒙千米高山，你永远深深地扎在华顶，雾儿浓，风儿劲，天寒地冻三尺冰，花如云，灿似锦，笑傲群芳在山顶，看那凌风穿云凛寒云锦杜鹃，多像我们华顶兵！……

这山里的兵啊，是如此的平凡如此的朴实。我想，云锦红杜鹃不仅仅是华顶兵的一种象征，更是勇敢、是信念、是沉甸甸的责任、是红闪闪的未来。

血肉青铜

反 哺

因为"天下乌鸦一般黑"的成语，我总觉得乌鸦不是一种好鸟。这种习惯性的思维直到认识刘学义老人之后，才发生了根本性的变化。

学义老人今年 62 岁，我慕名去京郊的农村采访他。一见面，他就给我讲了"乌鸦反哺"的故事。我知道，他讲这些，目的只有一个，表明他放弃京都闹市生活离妻别子到农村侍养母亲的行为只不过如一只乌鸦那样自然罢了。

学义老人是一名老军人。1962 年从北京航空航天大学应征入伍，在上海、邯郸等地辗转奔波了 16 年后，才调任北京。92 年他从海军某部技术质量处处长的位置上退了下来。此前，他 84 岁的老母亲还在天津的姐姐和妹妹家生活。可祸不单行的是，姐姐妹妹先后患了乳腺癌和内风湿性关节炎，无法照料年迈的母亲。奉养母亲的重任义不容辞地落到他的肩头。他说："年轻时忠孝不能两全，到了晚年，一定要把这一课补上。"

儿子对母亲的深爱埋在心底，母亲不在身边的日子可能浑然不觉。但一当母亲孤独无援需要儿子的时候，才最能检验和确证儿子的爱。刘学义就把母亲接到北京。为此，他辞掉了众多企业的高薪聘请，放弃了朋友合伙办公司的邀请。他说："母亲都这么大年纪了，如果因为我为了赚钱而没有照顾好，碰着摔着地过世了，我有罪过呀！晚年照顾好母亲，我一辈子才算画了一个圆满的句号。"家中突然多了一个老人，衣食住行、吃喝拉撒都要人照顾，其艰难可想而知。妻子有些不悦。刘学义非常理解妻子。他知道，妻子并不是嫌弃母亲，因为妻子单身生活的姐姐瘫痪在床，也需要照顾，况且儿子刘忱是大姨一手带大，养育之恩不能不报。怎么办？

在众多好心朋友的帮助下，1994年刘学义在京郊农村借了一间小屋，和母亲单独过起了日子。在这些平平常常的日子里，他学会了做饭炒菜，学会了为母亲梳头洗澡，还自学医书，为母亲看点头疼脑热的小毛病，成了"半个医生"。可让他至今仍感到奇怪的是，老母亲在他的照料下，85岁那年突然提出来要读书识字。85岁的老人要识字，不是怪事也是奇闻，这谈何容易?! 然而老母亲执意要学，还说她一辈子想上学，就是没学上，非要儿子教他不可。为了满足母亲的愿望，他就从"柴米油盐酱醋茶"开始，一个字一个字的教，一个字一个字的写。然而谁也不会想到，两年下来，老母亲能自己看报纸了，2000多个汉字会读能写，这不能不令人吃惊！后来，有朋友和刘学义开玩笑，说他是"中国最小的扫盲学校和中国年龄最大的小学生培养出来的年龄最大的老师"。

六年如一日。当别人晚年大把大把挣钱的时候，当别人晚年吃喝玩乐的时候，当别人晚年游山玩水的时候，刘学义却把自己的晚年献给了母亲。因为不能常回家与妻儿团聚，妻子不免有些埋怨。但令他安慰的是儿子刘忱对妻子说的一句话："妈妈，您是不是将来要我像爸爸一样照顾您？"有人说，任何感情都是脆弱的，而责任是钢筋铁骨；任何感情都是珍贵的，而责任更是至高无尚的。显然，父亲的责任心感染了儿子。

善良的母亲也十分理解自己的儿子。刘学义告诉我，老母亲经常跟他说："我该死了，活到90岁也差不多了，我不死，拖累了你和你的家庭，不能让你和妻儿团聚，我对不起你呀！"每次说完都是老泪纵横。这样甘愿接受死亡的话语，出自一个女性、一个母亲、一个耄耋老人之口，便天然地证明了一个真理：母亲是伟大的！刘学义说："假如哪一天母亲真的离开了我，我真的不知道自己能不能坚持下去？"他的表情有些忧伤。

在那间简陋的小屋，我看到了他的母亲一额皱纹一脸慈祥，一头银发一丝不乱，一副黑眼镜框后面的一双眼睛有些红肿，我不敢相信她已经是个 90 岁的老人。我还看了她练字的三个笔记本，瘦骨嶙峋的字迹透着一种女性的纤秀，不难想象，其骨子里的力量和坚强。在我的要求下，她高兴地拿起笔，在洁白的纸上颤微微地写下三个方方正正的汉字——朱增荣。这是她的名字。

　　告别小屋，我忽然发现，小屋门前的大树上有一个鸟巢，一只小鸟正站在巢边向巢里喂食，吱吱喳喳的欢快鸣叫声溢满了整个院落。那一刻，我敢肯定我听到了世界上最幸福的声音。

　　我想，那巢里养着的也是一位母亲吧？

反
哺

小报编辑

　　"丁编辑，你好！……"拿起电话，第一次听战友这么叫我，叫得我好不自在，更何况办公室里还有那么多双耳朵和眼睛，我支支吾吾地笑着谦虚地侃上几句打发了朋友。可就在这很不自在的支支吾吾中，我心中却又拥有一份得意和骄傲，尽管这份骄傲是那么的肤浅。自从我当上单位业务部门主办的小报的编辑，这些日子就不断接到许多朋友的电话，"丁编丁编"地叫个不停，令我欣喜又令我无奈，同时又感到一种责任。

　　当了小报编辑，自然也有很得意的时候，在某种众目睽睽的场合，你被朋友介绍给陌生的人，看到陌生人充满敬意的看着你时；走在路上，听人家指着我的背影议论我就是小报的那个战士编辑时。小报编辑也有风光的时候，那就是首长当着领导和同事的面对小报欣然赞赏的时候；或者是自己的战友从遥远的地方打来长途电话，说他想开我的"后门"发一篇稿子的时候……

　　小报编辑，"大权"在握。"嗨！哥们，快给我发一首小诗吧？"刊上的乐了，刊不上的，自然是"不够哥们"了，甚者曰："有什么了不起，不就是个小报编辑么？我还不愿意投呢！"此时想起自己稿件泥牛入海时发出"没关系不行"的牢骚，顿悟到那时的自己也和此时的朋友犯了同样的错误。第一次当编辑，才知道编辑也有许多无奈，也有许多东西让你神气不起来。但有一点，无论朋友怎么埋怨和责难，从心灵的深处，我对他们都有着一份感激。我知道，正因为他

血肉青铜

们的支持和"捧场",小报才会有今天呀!

当了小报编辑,就要以报纸为情人,以组稿、编辑、设计版面为能事。按自己喜爱的方式和口味编辑,阅读起来陶然自得,乐在其中。如果自己的口味适合了大家的味口,那也就皆大欢喜。

"知足者常乐",小报编辑自然容易满足,一句鼓励的话,一个赞同的笑,都能叫我快活半天;一个理解的眼神,一个默契的手势,都能使我平添无尽的劲头。也总觉得这是朋友们送给我的最好礼物,从心灵上给我以安慰和鼓舞,更增添了我的信心和责任感,一定要把小报办好,不辜负了朋友们的信任和期望。

想不到第一次当编辑酸甜苦辣都尝到,感受颇深。人云:小报编辑是"好汉不愿干,孬汉干不了",好汉我不敢当,孬汉我不承认。小报编辑虽小,可也不是随便什么人都干得了的,我想。

(注:此文 1992 年 8 月作于青岛,时任北海舰队航空兵后勤部政治处文书,业余时间编辑《北航卫生报》"海鹰"副刊,发表于 1993 年 10 月《解放军报》。)

心灵碎片

一个熟悉的人讨厌我，比一个不熟悉的人讨厌我，要残酷得多。

生与死是上帝赐给我们的过程。过程是一道解不开的方程。方程是一个不等式。不等式＝永恒＝死亡。死亡是即将来临的节日。

只知道生和死的人，不是人；不知道生和死的人，也不是人。半死不活的人，更不是人。人是什么？——谁知道！

真理并不是掌握在少数人手里，只是一开始只被少数人发现罢了。

梦想超过了能力就会出现悲剧。

在最不平的地方，伟大的起伏只不过是一种常识。

你不是你。真实的一面是疯狂和孤独；面具的一面除了微笑还是微笑。

实与虚，在写作、绘画、摄影术等一切艺术创作中，无疑是一种手法。虚实结合的意境是最美的所在。做人亦如此。虚实结合才能成为一个成熟的人。这里的"实"是指良心，"虚"是指人格。对自己保持自尊的人格，对别人要有良心。

我总觉得，生活中希望比理想更让人充满信心，让人对未来充满奋斗的激情。理想似乎总是离我们很遥远，而希望不。希望离我们很亲近，就在我们的心中在我们的前方，甚至一伸手或许就能触摸到。只要你愿意，希望总像黑夜里的一点灯光，诱惑着你前进前进，一种生命的美，就在希望中诞生。

因此，充满希望的人，永远不会失望；追赶希望的人，永远前途无量。我们生活在理想之中，却不能没有希望，失却希望的理想就是空想、妄想；有了希望的理想，才会有坚定的方向。

短处，有时也是一种优势。就像小羊能走进小门到院子里吃草却不能吃到大树的叶子，长颈鹿能吃到大树的叶子却不能走进小门到院子里吃草一样。

微笑，是人与人之间的最短距离。

快乐的秘诀是简单。一切事物都是简单的，真理就像 1+1=2 一样。从纷繁复杂中跳出来，就是快乐。

过去的就让它过去？过去的能过去吗？恐怕是相逢早一笑，恩仇未全泯罢了。

因为，除了未来，你没法结束任何东西，包括过去。

我们经常说做人难。在做人与做事之间作出选择，往往是最难以平衡的一件棘手问题，以致于会走向两个极端，让自己背靠背。因此，在做人的问题上，我们经常犯错误，经常是用自己不愿意犯下的缺点而不是用自己最信奉的优点，去讨别人喜欢。

关于 20 世纪的中国诗坛，评头论足的文章和诗人的牢骚一样，比诗歌本身还火暴。这是诗歌的不幸。非常奇怪的是一些诗人总是在那埋怨别人为什么不读诗了、埋怨别人为什么不写诗了、埋怨诗歌刊物没人经营了。这还能怪谁？自己折腾的呗。

真正的诗人不说话，只写真正的诗。

真正的诗歌是诗人的鸦片。

有的文章是温度计，测量别人，自己却没有温度。诗歌不是温度计。诗歌是火种，给人以温暖，以光明。

有人在报上发表文章，提议要重修圆明园。文化界学术界争得面红耳赤。真是有点幼稚。历史是能修复的吗？

历史不仅仅是教科书，更不是旅游风光景点拉动经济消费。

废墟要的不是昔日的荣华富贵，废墟的价值就在于它是废墟和因废墟引起人们深深的思考。

骑自行车去了三次卢沟桥。真的，我不是去玩的。

在桥东头，我问一个小男孩，你来这儿看什么？他说："我们正在学《赵州桥》，老师叫我们来看看石拱桥是什么模样。"

在桥西头，我问一个小女孩，你来这儿看什么？她说："我爸爸带我来数桥上的狮子，数也数不清。"

狮子？在卢沟桥不远的地方就座落着中国人民抗日战争纪念馆，大门前也矗立着一座"醒狮"的雕塑。我不知道，当年 7 月 7 日，宛平城里的吉星文将军，在严词拒绝日本人企图借口寻找失踪士兵进城时，抠动扳机的一刹那，他是否知道，卢沟桥上到底有多少只狮子？

中国舰队越过赤道，横跨太平洋，到某国访问。军舰进入军港时，对方喊话说，"我们派拖船，把军舰拖进码头。"我方回答坚定，"谢谢，我们有能力自己靠上码头。"对于这一行动，在后来铺天盖地的报纸宣传上，有了这样的评语：大长了中华民族的志气，扬我军威国威，让外军竖起了大拇指，OK！OK！云云。

其实，人家的军舰靠码头就是用拖船拖进去的，军训科目上也压根儿没有这一训练科目。因为军舰能不能靠上码头并不能决定战场上的胜负。

而我们呢？是练为看？练为演？练为战？

岂不笑哉？思哉？

要想把前头看得远，就要把后头看得清。

无所求，就无所惧。

文明是个什么东西？文明是打着文明的旗号却又在把文明的旗帜撕成一缕缕碎片之后大声疾呼以保护文明的名义把文明打扮得特摩登特现代的那种声音。

萝卜·鸡蛋·咖啡豆

萝卜、鸡蛋和咖啡豆，这真是风马牛不相及的三种物质。但有一点是共同的，它们都是食物。现在，我突然萌发要写这篇文章的念头，源自儿子放学回家给我出的一道选择题。

儿子问："爸爸，萝卜、鸡蛋和咖啡豆，这三种东西，你喜欢哪一个？"

我说："都喜欢。"

"不行，只能选一个。"

我想了想，说："鸡蛋。"我为什么选鸡蛋呢？因为在这三种食物中，鸡蛋相对来说最营养。

儿子笑了，说："爸爸，你还行，还不算 OUT。但在逆境中的抗压力比我差。我同学问我这个问题的时候，我就选择了咖啡豆。"

"为什么？"我很惊诧。

"你将这三种东西放在水中煮，萝卜本来很硬，经过水煮之后很快就变软了；鸡蛋呢？里面本来是液体经过水煮之后却变成了固体了；咖啡豆呢？经过水煮之后却把水的颜色改变了。可见，这三种东西相比较来说，面对逆境，萝卜软弱被逆境征服了，鸡蛋战胜了自己但却没有征服逆境，只有咖啡豆不仅征服了逆境而且改变了逆境。所以，咖啡豆最厉害。"

儿子话音落地，我恍然大悟，哈哈大笑起来。我说："你这不是脑筋急转弯吗？如果从营养这个角度来思考，我的答案不也正确吗?"

儿子狡黠一笑,说:"是呀!生活的角度是多种多样的。我现在考的就是你面对逆境的态度。"

好一个"生活的角度是多种多样的"!儿子长大了。我笑了。细细琢磨一下,儿子的话实在有几分道理。别小看这个小问题,却还真的蕴含着人生的大问题,是一个哲学问题。在生活中,当我们碰到逆境的时候,到底是选择做了萝卜?还是做了鸡蛋?抑或是做了咖啡豆呢?

选择做萝卜的,在经历水煮之后,没有改变环境,自己却由硬变软。

选择做鸡蛋的,在经历水煮之后,没有改变环境,自己却由软变硬。

选择做咖啡豆的,在经历水煮之后,改变自己的同时也改变了环境。

物竞天择,适者生存。

其实,无论是选择萝卜、鸡蛋,还是选择咖啡豆,我们都很难说清楚谁是最后的强者。但这个故事却告诉我们另外一个道理,面对逆境,仅仅战胜自我还是不够的,更重要的是真正的强者不仅要战胜自我(当然也不惧怕改变自我),还要战胜逆境,甚至改变逆境。只有以这样的精神和态度面对生活的种种际遇,我们的人生旅途就平坦多了,我们的成长也就顺利多了。

但实际生活中,当逆境来临,我们往往最好的表现大多是选择做了"鸡蛋",将自己武装起来,变成一个强者。我们的教科书上也大多是这么教育我们的,男儿当自强嘛!但这个"萝卜鸡蛋咖啡豆"的故事却深深地给了我一个关于强者的教育,固然"鸡蛋"在逆境中战胜了自己,成为强者,但相比而言,咖啡豆的强者境界似乎更高一些——世界改变了它,它也改变了世界。

萝卜·鸡蛋·咖啡豆

化作大海的浪花

人的一生如大海，每个人都是晶莹剔透的水滴。或随惊涛拍岸，浪遏飞舟；或随涓涓细流与泥沙同驻。每个人都有自己的位置、自己的分工、自己的价值，谁能说惊涛伟大而浪花是微不足道的呢？

朋友，化作大海的一朵浪花吧！洗净头脑中的迷茫，开阔自己的心胸，执着地弹动生命的琴弦，奏出大海的音韵，滚动大海的希冀，走向蔚蓝走向宽广走向成熟。虽然，你没有江河的澎湃，但谁能否定你的生命不和大海同在？谁能否定你的每一次跳跃不是大海的脉动？

朋友，化作大海的一朵浪花吧！不必哀叹自己的渺小，不必悲观自己的低下。古人云：以其不争，故天下莫能与之争。就让我们做一个默默者，一滴水、一朵浪花，浮舟载辑，滋润万物，不怕别人忽略和遗忘，相信自己，我们自有我们的深沉、我们的充实！我们自有我们的伟大、我们的潇洒！

亲爱的朋友们，让我们在生命的海洋中，绽开成一朵朵绚丽的浪花吧！让这晶莹的浪花和我们的青春在一起闪光！哪怕只是短暂的一瞬，也要让生命做一次升华，给大海给母亲一份漂亮的回答！我们坚信：一朵朵浪花凝聚在一起，就会显出青春的活力，就会孕育出时代的惊涛骇浪！

相信自己就是天才

当你榜上无名大学之梦破灭；当你爱情的方舟几经漂泊又搁浅；当你播下了龙种获得的却是跳蚤；当你撒下汗水获得的不是珍宝……朋友，不要迷茫不要苦恼，请相信自己吧！相信自己的思想，相信自己的能力，充满自信地迈向自我，用力地构筑智的凝聚和美的旋律！

朋友，相信自己就是天才！走自己的路，记住世上没有任何人像你！人在旅途，成长总不易。失落了，重新编织理想的经纬；跌倒了，爬起来，仍然行色匆匆，一如既往。记住——自信是一个人改变命运最重要的武器。

当你"呼"地一口气吹灭 18 岁的生日蜡烛，也吹吹走了惶惑、盲从和自卑，走出迷茫的季节，跨入青春的五彩门。朋友，相信自己就是天才，去告诉别人，自己也是无所不在、无所不能、无所不晓的主宰！

走出昨天的狭窄会有一片令人振奋的宽广，走出昨天的泥泞会有一片令人欣慰的晴朗。相信自己，失望会变成希望，自卑会变成自强。一位名人曾说过：当你觉得高不可攀的时候，那是因为你跪着。站起来吧！朋友，大胆地走向社会舞台的主角，走向五彩缤纷的人生！因为——

相信自己就是天才！

山行漫笔

深秋季节，伴着习习凉风，踏着秋的音韵，我来到闻名遐迩的天柱山饱览秋色。

天柱山在安徽省潜山县境内，历史悠久，汉武帝时封其为南岳，与泰山、华山、衡山、嵩山并称五岳。景色秀绝，自然天成，美不胜收，历来被佛、道两教视为宝地。

桂林以山奇、水秀、石美、洞异而博得"甲天下"的美称。天柱则以峰险、水灵、石巧、洞奇独具特色。天柱之洞是石叠而成，有的青藤掩门，有的洞中有洞，有的洞连洞，趣味横生，引人入胜，而神秘谷则更有情趣。

当我来到神秘谷，开始觉得并不神奇。只见洞口矗立着一个巨大的巉岩，犹如一个阴曹的判官，令人望而生畏。只身探幽寻胜，小心翼翼地摸黑进洞，顿觉习习凉风扑面而来，令人精神一振；再看洞内乱石嶙峋，真是"山峻高而蔽日，下幽晦而多雨"。各种各样的怪石自然堆砌着，曲曲折折，阴森可怕，真似"地狱"。洞中时宽时窄，宽处可容几十人，窄处一人通过也得弯腰爬行。再向前走进一段，前面蓦地一亮，豁然开朗，定睛一看，哦！原来是"一线天"！站在这里可以喘喘气，对老天爷的这一线天光的赐予心中有着一份感激。过了"一线天"，洞中又是一片阴暗。再走一程，忽然一大一小的两个洞口站在我的面前。我毫不犹豫地往大洞里走去。这时，一个声音在我的耳边响起："小伙子，要选好目标，怕苦怕难是找不到'出路'

血肉青铜

的，越过狭窄，越过困境，前面才有光明的康庄大道！"

我转过身，一个嶙峋苍劲如岩石的老人从我身边走进了那个窄窄的小洞。我望着他的背影，似乎沉睡了好久突然醒来，两行热泪在脸上婆娑着。柳暗花明，我振作起精神很快就走出了这一里多长的神幻莫测、曲折多变的迷宫。

此时，我想起这样的一句诗："白昼会走进黑夜，同样黑夜会引出白昼，他们总是手拉着手。"啊！神秘谷，山洞的秘密，人生的哲理！我"再不会惧怕如漆的黑夜，而匆匆埋葬掉所有的希望了"。

天柱山一峰擎天，千峰环拱。我走出神秘谷，继续登山。拾级而上，只看那群峰嶙峋峭绝，苍翠秀润，可谓千姿百态、形状各异。移步换景，或壮观，或魁伟，或俊秀，或雄奇，峰峰相连，连绵不绝。山上怪石罗列，巧石逼真，或卧或立，极其情致，状狮虎龙猿，肖花鸟虫鱼，乃天然雕饰，且变化无穷。著名的有"天柱石""猪头石""鹦哥石"。

天柱山在长江之滨，皖、潜两河环绕，飞瀑流泉，终年不绝，山光水色，姿秀态奇，如诗如画，故有文人多会如此，留下了不胜枚举的诗人墨迹、摩崖石刻。金秋菊月，远上寒山石径斜。沿着崎岖的小路登山，俗话说"这山望着那山高"，一点也不假。我越过了一座又一座山峰，一步一步地向天柱主峰攀登……

我终于攀登到山顶！天空就在上面，众山就在脚下，云风朗朗，海山苍苍，站在峰顶，极目远眺，天柱山秋色尽收眼底，真是心旷神怡。看脚下云海茫茫，如波涛汹涌，或如丝如带、若即若离系断山腰。黛青色的远山仿佛于牛乳中洗过一样，又像笼着轻纱的梦，五光十色，瞬息万变。

我如醉如痴地望着这名山良景，不禁呆呆地想：这美丽的秋色是永恒的吗？

历史告诉我：在那"山河破碎风飘絮"的年代，这里也曾是兵戈相接、旌旗招展。朦胧中，我仿佛看到在那茫茫云海里有刀光剑影、枪林弹雨；仿佛看到太平天国年轻将领陈玉成率军与清兵浴血奋战；还看到了浩浩荡荡的刘邓大军进驻大别山……

过去的都过去了，在那劫难的日子里，我想天柱山的秋肯定是断壁残垣、破烂不堪的，留给人们的肯定是一个凄风苦雨的形象。是的，是几代人的汗水，烈士们的鲜血染红了秋色，染出了今天这样一片"真、善、美"的明媚秋色！

我独立峰巅，群山拥戴，杜甫的愿望"会当凌绝顶，一览众山小"，我也一样有。晴朗的秋日，你正在饱览着这美好的秋色，忽然一阵风来，"荡胸生层云"，转瞬间就是"云海四茫茫"。此时此刻的情景使我想起登山时"这山望着那山高"的感觉，心中既感到欣慰又感到迷茫。欣慰的是我征服了一座山，迷茫的是还有许多高山等着我去攀登、去征服。天柱固然高，但还有更高的山，学习上不也是如此么？只有永不满足，才有进步，才有创新；只有"这山望着那山高"，才有更高更新的目标！倘若总是躺在"这山"，停滞不前，自以为是"天下第一山"，能有更新的纪录更多的收获么？

朋友，把眼光投向高山吧！改革的今天我们需要不断地追求更新更高的目标！在人生的征途上遇到困难碰到挫折，也决不能自暴自弃，应发扬自己的优点、长处，不断奋斗，相信自己，定会有丰硕的秋收！

伫立峰头，浮想联翩，我的脑海中出现了一群顶着风雪攀登珠峰的健儿们的身影。望着这广袤的空间，面对这寥廓的天宇，我不禁发出"江山如此多娇，风流人物看今朝"的慨叹！苍茫大地，我主沉浮！

时间不允许我长留，无奈走下峰巅，踏上归途。回望身后的小路，蜿蜒曲折，且深且细得像一条源流。呵，这是充满诗情画意的源流，是一条载满丰收喜悦的源流，是一条改革大潮中的小溪流啊！天柱古岳，我相信在人们的不断建设中，千年名山将以更加妩媚的笑容拥抱八方宾客。我倚着车窗，依依地向天柱山告别，可天柱山的秋色却留给我秋风一样长的思念。不，这不是旅游。这是在上课啊！一堂生动绝妙的人生之课啊！

再见了！天柱山，崛起的天柱山！

楚雄是个好地方

　　这文章的标题，是我应邀到楚雄参加"西部之声"诗歌朗诵音乐会暨首届中国十月太阳历诗歌节时，突然从脑子里蹦出来的，它是楚雄赐给我的一声发自内心的呼喊。

　　楚雄彝族自治州地处滇中高原西北部，东与昆明接壤，西与大理比邻，是有名的"省垣门户"，境内崇山逶迤，秀水蜿蜒，乌蒙山、哀牢山、百草岭三山鼎立，金沙江、礼舍江二水分流，有"迤西咽喉"之誉。一踏进楚雄的这片红土地，你就会被彝州人民的热情弄得措手不及。红地毯上铺满青青的松针，这是迎接最尊贵的客人。在彝族小伙子们鼓紧腮帮吹奏的唢呐迎宾曲中，彝族姑娘们又笑盈盈地端上了"拦门酒"。喝了酒才让你进门，这也是一种礼遇。而更让你热血沸腾，甚至有些受不了的是彝族的敬酒歌。在盛情的欢迎宴会上，漂亮的彝家儿女一边端上斟满的米酒，一边给你唱起敬酒的歌谣——

　　　　阿老表，端酒喝，

　　　　阿表妹，端酒喝，

　　　　阿老表，喜欢不喜欢也要喝，

　　　　阿表妹，喜欢不喜欢也要喝，

　　　　喜欢你也要喝，

　　　　不喜欢也要喝，

管你喜欢不喜欢你都要喝！……

　　这就是好客的彝族兄弟，这就是热情得近乎霸道的彝族儿女。难怪闲聊时，彝家的导游小姐温桂花还自豪地告诉我们："这是中国第二霸道的歌曲呢！"第一霸道的要算"如果你要嫁人，不要嫁给别人，一定要嫁给我"的《大板城的姑娘》了。

　　座谈会上，中共楚雄州委书记丁绍祥同志，给我们介绍了楚雄的概况。在幅员3万平方公里的土地上，楚雄州生活着彝、汉、傈僳、苗、回、傣、白、哈尼等26个民族，总人口近250万。楚雄彝州有着悠久的历史和灿烂的文化，这里不仅是古人类的发祥地，而且是古生物之乡，还是蜚声中外的铜鼓之乡，彝族文化的荟萃地。信手拈来的几件历史事实就会让你对楚雄刮目相看，如：我们中小学课本第一页上就讲到的元谋人，就是在楚雄境内金沙江畔的元谋县发现的，是迄今发现的亚洲最早的人类，那里还发掘出土了300万~400万年前的"蝴蝶腊玛古猿"牙齿化石，被誉为"人类的摇篮"可谓名副其实。而在1.8亿年前，恐龙就在这片土地上繁衍生息，在禄丰县发现恐龙化石100多条，无论是数量还是品种、体态均属世界罕见。世界上最早的铜鼓也在这里出土，而彝族的十月太阳历比墨西哥的玛雅人太阳历还要早。神奇的千里彝山蕴藏着丰富的民族文化资源，彝族史诗《查母》《梅葛》是蜚声世界的文学珍品，神秘古朴的大锣笙、老虎笙、豹子笙等彝族原始舞蹈也走上了世界的舞台。彝家儿女弹三弦、吹笙笛、弹响篾、吹木叶，唱着火火的梅葛调，跳着欢快的左脚舞，高举着火把，与其他兄弟民族和睦相处，把火把节、插花节、三月会、赛装节等40多个民族传统文化节日打扮得漂漂亮亮热热闹闹，共同建设这片美丽的家园。

　　党中央提出"西部大开发"的战略后，楚雄人民也制定了"大发展"的目标，用历史的观点和发展的眼光，给自己的未来形象设计定位为——滇西咽喉地、滇川大信道、彝族风情园、远古博物馆、绿色经济州，并有了"一二三四五"的开发思路。1999年，楚雄州实现国内生产总值69.58亿元，财政总收入18.48亿元，生物药业、绿色食品和旅游产值达 15.69 亿元，楚雄已经成了滇中一块投资开发的热土。

不记得是谁说过，"越是民族的，就越是世界的"。这话在楚雄似乎找到了印证。楚雄的古生物、古人类、古文化、土林、狮子山和彝族风情的确是国家级乃至世界级的资源。在楚雄，你处处感受到人民群众对高雅文化的热爱和钟情。他们像金子一样辉煌的文明、像图画一样绚丽的民俗、像火把一样热情的民风，让你不得不佩服他们如大海一样博大精深的文化底蕴。在"西部之声"诗歌朗诵音乐会上，著名语言艺术家丁建华、乔臻朗诵了西部诗人韦其麟、晓雪、昌耀和彝族诗人吉狄马加的诗歌，而彝州人民对诗歌的理解和掌声，令所有来楚雄的诗人、作家们感到惊喜和激动——诗歌有幸！诗人有幸！我们下榻的雄宝大酒店，就是中国第一个"诗人之家"，酒店的大厅、走廊、电梯里都洋溢着诗意，据说这在世界上也是少有。而这次诗歌节，在中国诗歌史上也是独一无二，这大概也是泱泱诗国的幸事吧！重庆诗人傅天琳用美丽的诗句表达了对楚雄"诗人之家"的感激之情："家里有火/诗歌不会说冷/家里有酒/诗歌不会说苦。"诗意就是这样来到了我们之间。中国作协党组书记翟泰丰和著名诗人李瑛，在诗歌节上发出了倡议："来这里的每一个诗人，都要给这片神奇而古老的土地留下一首诗！"甘肃诗人高平当即赋诗《初到楚雄》，表达了所有来楚雄的诗人和作家们的心情"……在你的节日，我来了/你却成了我永恒的节日"。

走进楚雄，就走进了西部开发的壮美画卷，就能听到西部发展的热烈心跳。短短的四天，诗歌节结束了，但楚雄给我留下的美好回忆仍然像"火把节狂欢夜"熊熊燃烧的火把一样，在我的心中永远也不会熄灭。临走的时候，彝州旅游局副局长包继文女士，在车上深情地给我们唱起了彝家的民歌《你一定要来！好吗?》——

> 阿老表，阿老表，你要来呢嘎，
> 阿表妹，阿表妹，你要来呢嘎，
> 不来就说不来的话，

莫让小妹白等着……

啊，"喜欢也要来，不喜欢也要来"的楚雄，你真是一个好地方！在你的面前我怎么会说不来的话呢？"你用舞蹈和歌声为我掌灯/把我照亮/请允许我/把火把中跳舞的心脏叫作太阳吧/让诗歌把你的热情传遍四面八方……"这就是我献给你的诗！你喜欢吗？楚雄！

附：

　　云之南，诗之南（组诗）
　　　　——写在首届中国彝族十月太阳历诗歌节致楚雄

诗人是你尊贵的客人，
你是诗人高贵的诗歌。
　　　　——题记

楚雄

一个在火把上熊熊燃烧的名字
一个在铜鼓上咚咚敲响的名字
一个在十月里生生不息的名字
楚雄！

把你的火把给我吧
我就是你从火把里烧出的诗
把你的铜鼓给我吧
我就是你从铜鼓敲出的歌
把你的十月给我吧
我就是你十月太阳射出的光芒

楚雄！楚雄！

我父亲生在这里

我母亲生在这里

我也生在这里

你就是那个叫作摇篮的地方

楚雄！

铺满松针的红地毯上喝你的拦门酒

火把节狂欢夜里抢你的新娘

葫芦海里汪汪着你爱情传说的美丽

阿表妹哟，要守住你送我荷包的秘密

楚雄，楚雄！

我看见了，那三个美丽的少女

他们是我们的母亲我们的妻子和女儿

是我诗歌里最珍贵的词汇

用舞蹈和歌声为我掌灯把我照亮

楚雄！虎头虎脑的楚雄，风调雨顺属于你

楚雄！红红火火的楚雄，人寿年丰属于你

长喇叭吹起来，吹出的是彝州前进的号角

大铜鼓敲起来，敲出的是西部开发的绝响

楚雄，请允许我

把火把中跳舞的心脏叫作太阳吧

让诗歌把你的热情传遍四面八方

马樱花会

马樱花彝人的花

三月三山只要你喊一声

就像喊山一样
红艳艳的女子
就会一下子开遍四山五岭
一直开到天上

其中那个不擦胭脂花粉的
就是我心上的小妹

当月琴和胡琴
琮琮琮琮地翻山越岭
"梭啊——哎——梭"
马樱花，就大朵大朵地
开在小伙伴们的脸上

心上的小妹可挑好了你的红柜子
心上的阿哥可跳穿了你的千层底
马樱花开了
犁耙锄镰也跳起了左脚舞
红红火火的日子
就是红土地里生长的彝族民歌

马樱花，爱情花哟
幸福的花

彝人没有秘密

三个少女集合在一起
拥抱一轮太阳

我在葫芦海的眼睛里
看到了蓝天白云

和大地上葫芦的长势

恐龙看到了自己黑亮黑亮的骨骼
和"元谋人"金黄的牙齿
火塘里的火像山歌一样嘹亮

黑罗罗瞪大眼睛神龛在墙上
火把点燃星星点燃月亮
点燃彝家人的胸膛

阿老表，你要来呢嘎
阿表妹，你也来呢嘎
彝人，没有秘密

在 108 国道上感受楚雄

楚雄，108 国道
是你的一支动脉吧
不然，我怎么能这么清晰地
感受到红土地热烈的心跳

风，不是吹过来的
云，不是飘过来的
山，是母亲长发飘飘盘在头顶最美的黑髻
一直绕到楚雄的腰上
我的肺绿了
我的心绿了
我多么愿意是山道上那只把头埋在地里的黑山羊
啃泥的草
吃你的土
喝你的血

楚雄，楚雄！

让你的太阳疼疼我

让你的月亮亲亲我

让你的大山抱抱我

在彩云之南，我来采诗

我的诗歌，就是你要抢走的

那个最黧黑最野性最多情的新娘啊

所有的火把

都是给你准备的

嫁妆

元谋人

哲学家的牙齿掉光了

只剩下舌头

你的舌头早烂成了泥土

只剩下两颗牙齿

上面长满了青草

青草上面有牛羊

牛羊后面有虎豹豺狼

还有恐龙

还有我，暂且被他们叫作诗人

都是一些你吃剩下的骨头

你用火烧过

用石头砸过

用水洗过

元谋，只是你眼中的一滴血

一朵最原始的吻

最最原始的冲动

咀嚼着 170 万年来的情欲

两颗牙齿
一场生存与死亡的爱情化石

土林

一个要多土就有多土的地方
天造
地设
只是水无情，亦有情
把桃花的微笑
把人面的春风
流作沧桑
一种文字表达不了的皱纹
供后来人瞻仰
就有了一个新的成语
——大土若洋

只有天在上

游武定狮子山，见有一摩崖石刻，名曰"只有天在
上"，有感于彝族人民的巨大创造力和智慧。

没有了太阳
还有月亮
没有了月亮
还有星星
没有了星星
还有火把
只有天在上
有我有你
还要什么样的世界

没有了天
我们来造天
没有了地
我们来造地
只要天在上
有我有你
就是最美的世界

血
肉
青
铜

旅顺行

"我是军人。我来寻找战争。古战场这个沉重的概念，比那一切更牵动我的心。"在去旅顺的途中，我突然就想起了这句话。

大连是个好地方。旅顺就像一只美丽的蝴蝶飞舞在辽东半岛的最南端。对于旅顺，我们并不陌生。按字义可理解为"旅途平顺"之意，而事实却恰恰跟旅顺开了一个历史性的玩笑。旅顺的历史充满着坎坷和磨难。在这片"弹丸之地"上，我们的祖国我们的人民忍受了付出了，语言在这忍受和付出面前显得是那么苍白无力，只有"历史"这两个沉重的大字，才能让人深思、动情，且永远不能也无法忘记。

读史明智，学史明理。读一读旅顺的历史，我们明白了什么？

一次去旅顺学习的机会将我的足迹印到这座花园式的军港城。走进旅顺，天正下着小雨。原本欢欢笑笑的年轻如我的 30 多位战友的脸也突然晴转阴，心里都多了一丝沉重。我们的车停在雨中的白玉山脚下。白玉山上矗立着白玉塔，看山看塔看旅顺口沉重的往事。在雨中，在山上，在塔下，我和旅顺沉默着，对望着，烟雨蒙蒙，仿佛回忆起一个无边的梦境。

旅顺口，还是 100 年前的那个旅顺口，只是再也寻不到通往 1894 年的航道，望不见旅顺海战那遮天蔽日的硝烟，那烧得海天赤红如血的战火，那如岩浆喷发一般冲天而起的水柱……

可我又仿佛看见，日寇的刺刀插在旅顺的胸膛上，那散发着民族气息的泥土上，冒着鲜红的血流……

有人说：旅顺的每一块石头、每一寸土地都是一部历史。我想，这丝毫也不夸张。旅顺的确是一座露天历史博物馆！是一本活生生的教科书！

那些在海覆天翻的恶战中奔突、呼号、冲击、嘶杀的日子，那些被出卖、被断送的悲痛欲绝、呼天天不应的日子，那些舰毁人亡、向着海底深深沉没的日子，那些上万人的躯体在日寇挥舞的战刀下被残杀得哀鸿遍野的日子……

走进这些日子，就会沉浸于一种悲愤的心绪而难以挣脱出来，就好像自己的双脚陷进泥泞的血流之中不能自拔。

当历史终于冲出那长达半个世纪的漆黑的隧道，太阳终于从这片荒凉破碎的土地上升起，那些凄风苦、雨血泪斑斑的时代的见证者们，才从历史的浪涛和泥沙的掩埋下被召唤回来，向今天所有的来访者讲述着它们亲身经历过的那段惨烈悲壮的血淋淋的故事。

白玉塔、胜利塔、友谊塔，多么像三颗长长的钉子，把旅顺的荣辱，把旅顺人的痛苦、欢笑牢牢地钉在辽东的土地上！

站在东鸡冠山、炮台山上，两门大炮依然如1899年的姿态指向前方，我仿佛依稀听见了日俄旅顺争夺战的最后一声炮响……

走进日俄监狱旧址，那一件件刑具的残骸和一行行史诗般的说明文字，激荡于心头的是恐惧化成的愤恨……

在万忠墓前，血腥大屠杀的场面不忍让我想象。作为一名中国水兵，面对先烈，在他们的墓碑前，我来接受他们的口试……

我知道，在我们的眼睛里，在我们的心灵里，交流着超越生命的历史意义，在这永恒的无言中，我知道我们相互理解了，从而更增添信心、力量和勇气。

今天，我走进旅顺，就走进了两个时代。一个19世纪血泪斑斑的时代，一个20世纪欣欣向荣的时代……两个时代在这里不停地交谈。而旅顺是沉默的。历史一片肃静。

千年的墓碑会说话。沉默就是一种不可抗拒的力！

天仍下着雨，可我却觉得眼前的景色是这般美好——阳光灿烂，海风清和，水天一色，天蓝得鲜丽，海蓝得辽远。呵，旅顺，我相信在建设有中国特色社会主义的道路上，你永远像你的名字一样——旅途平顺！

书的天堂是什么模样

"上有天堂，下有苏杭。"凡是到过苏州和杭州的人，自然都领略过人间之美大地之美，但无论人类的想象力有多么丰富，谁都无法知道天堂到底是一个什么模样。

天堂应该是一个什么模样呢？一千个人肯定有一千个答案。但对热爱读书的人来说，或许天堂就应该是书的世界。但书的天堂又应该是一个什么模样呢？

这真是一件需要想象力的事情。

就是带着这种若有若无的想象，我从北京来到了上海，来到了松江，走进了泰晤士小镇，走进了锺书阁，进入了一个书的世界，进入了一个书的天堂。

其实，真正的认识锺书阁，我是从一部名叫《情有独钟》的微电影开始的。

一对浪漫的年轻人，因为热爱读书，他们走到了一起，开始了读书、教书、卖书、编书和做书的美丽人生。

那时，儒雅帅气的男生问美丽纯真的女生："如果我们俩将来走到了一起，你希望过什么样的生活？"

女生说："我想有一套大房子，里面有一辈子也看不完的好书。"

男生说："我要让所有人都看到。"

是的，要让所有人都看到一辈子都看不完的好书，这是一件多么需要想象力的事情。就是怀揣着这个美丽而又无边的想象，情有独钟的他们一步一步、一步一个脚印地向我们走来。

在松江，在上海，关于锺书阁的美，已经不再是演绎的传说，而是一种地理的存在；关于锺书阁老板金浩和他爱人徐雅娥的故事，已经不是新闻，也不是传奇。而关于他们成功的秘籍，或许就像人们猜想天堂的模样一样，也有着许许多多的解读，并从中得到各自不同的启示。我想，这一切，都无需我在这里啰啰唆唆地献上世俗的赞美。但作为一名作家、一名图书编辑，同时又作为一个读者，我对上海锺书，对锺书阁的解读，或者说锺书和它的主人金浩夫妇给我的启迪，则有着与众不同的价值和意义。毫无疑问，在当下实体书店纷纷退出市场的情况下，金浩带领他的锺书团队在奋斗中逆流而上，确确实实不得不令我把尊敬的目光投给他。

锺书为什么成功？金浩为什么成功？

走进锺书公司的总部，它的答案就赫然工整地写在了墙上："用心做事，用情做人；追求卓越，追求完美；以诚待人，以信处事；以善为本，以德为基；以和为贵，以义取利；学会宽容，懂得感恩。"

说起来容易做起来难。无论是多么漂亮的格言，无论是多么豪迈的警句，贴在墙上也好，写在纸上也罢，嘴上说得再好，如果不用心去做，都是白嘴一张。但"世上无难事，只怕有心人"，金浩先生用他"凭良心做事"的口头禅把一切都变成了实实在在的行动。金浩引用一位教授的话说："一个人当钱不是很多的时候，那这个钱就是你自己的；一个人的钱积累到一定程度，那这个钱就是大家的；如果一个人的钱达到一个很大的数字时，那这个钱就是国家的。我终于明白了，我是在做事业，我要拼命地工作。"认真读过他的《我的追求我的梦想》后，他与锺书的昨天、今天和明天的故事，让我真真切切地感受到——这个姓金的男人拥有一颗金子般的心。他的"良心"——是真心、是善心、是信心，同时还饱含着诚心、舒心和开心，以及博大深沉的爱心。

心心相印，心心相投，心心相通——锺书因为拥有这样的"金"字"良心"有福了，读者因为受这颗"良心"的呵护，有福了。

从此，我相信，锺书会因为有这样一颗金子的心，拥有更多喜欢你的读者。

从此，我知道，我也将告诉这个世界，书的天堂应该是一颗"心"的模样。

"为好书找读者，为读者找好书。"如今的锺书阁不仅仅是一家最美的书店，它已经成为上海松江的文化地标，或者说是一个情感的象征，十分年轻的岁月已经把它镌刻进松江人的文化史——它是理性的，又是浪漫的；它是冷静的，又是多情的。一代又一代的年轻人，在这里读书，在这里约会，在这里追忆，在这里成长，这里已经成为他们生命的一部分——青春在这里徜徉，爱情在这里荡漾。

至人无想，江湖相忘。第一次来松江，第一次到锺书阁，我悄悄地来，正如我匆匆地走。我来时，眼睛看到的是书的天堂；我走时，心中弥漫着的是人间书香。此刻，我用我手中的笔匆匆写下这篇文章，希望把锺书阁的书香传递给你，希望你接着传递下去。我相信，通过我们的传递，人间的书香，一定会书香人间。

一桌十三人

　　1921 年 7 月 23 日晚上，上海法租界望志路 106 号（现兴业路 76 号）李书城的家里突然来了十三位神秘的客人。此前几天，他们大都下榻于附近嵩山路一座三楼三底的名叫博文的女子学校。因为放暑假了，除了几个厨子和校役以外，校园里显得空空荡荡。这十三位客人，从北向南分别来自北京、山东、上海、湖北、湖南、广东，还有日本。他们的名字，后来有的成为世界伟人在中国家喻户晓，有的成为烈士但已经渐渐被人遗忘，有的成为叛徒汉奸被铭刻在了历史的耻辱柱上。他们都是谁呢？他们来上海干什么呢？

　　的确，1921 年上海的这个夏日与往日并没有什么不同。但这 13 位客人的这次上海聚会，却翻开了中国历史新的一页。是的，历史人物就在创造历史的现场。或许，此时此刻，他们并没有意识到他们正在创造历史。这 13 个人物分别是来自北京的刘仁静、张国焘，来自济南的王尽美、邓恩铭，来自湖北的董必武、陈潭秋，来自湖南的毛泽东、何叔衡，来自广东的陈公博、包惠僧，来自日本东京的周佛海，以及在上海本地工作的李达、李汉俊。在这里，他们冒着生命的危险，和两个来自莫斯科的第三国际代表马林和尼科尔斯基一起，代表全中国 50 多名中国共产党党员，召开了中国共产党第一次全国代表大会，通过了陈独秀起草的中国共产党党章，宣告中国共产党正式成立。显然，他们是为了共同的一个信仰——共产主义，从五湖四海来到了一起。

秘密的就是危险的。谁也不能否认，这 13 个人此时此刻都是把脑袋拴在裤腰带上干起了革命。会议开到第七天的时候，危险还真的降临了。7 月 30 日晚上，一个陌生的中年男子突然闯入了会场，环视一周后就匆匆离去。国际代表马林在这个陌生人的眼神中看到了一股杀气。于是，秘密会议立即终止，这一桌 13 个中国人都迅速转移。不到一刻钟，法租界的巡捕就来了，但他们扑了一个空，连片纸只字也没有得到。随后，这 13 个人中除陈公博之外的 12 个人于次日黎明乘火车到了浙江的南湖，在一艘游船上继续召开中共一大，并按程序选出了自己的第一个领袖陈独秀。

白驹过隙。转眼间，历史就走过了 90 年。在 1921 年 7 月 23 日至 30 日这一个星期的时间里，13 个中国人围一个长方形的条桌，在望志路 106 号讨论的是改变中国的大事情。望志，正好就是他们激情青春和张扬信仰的一个注释。他们当中年龄最大的何叔衡 45 岁，最小的刘仁静才 19 岁，平均年龄也才 27.9 岁。他们多么年轻！这是多么美好的年龄！中国的一群年轻人，正是八九点钟喷薄的太阳！他们在中华古老的大地上开始了前无古人的伟大事业。道路由来曲折，征途自古艰难。当信仰的红太阳在白色恐怖的天空下难以普照大地的时候，革命的试金石在考验着他们的心力、毅力和定力。生活是残酷的。革命的残酷无法预料，更无法形容。但大浪淘沙，革命和反革命似乎就是一念之间的选择。与天斗与地斗与人斗与黑暗斗与腐败斗，或义无反顾其乐无穷，或舍生取义壮烈牺牲，或明哲保身萎缩退缩，或背信弃义屈膝投降。这一桌 13 个人，转眼之间就有了不同的归宿和结局，在信仰面前交出了自己不同的答卷——有的为信仰牺牲了生命，如何叔衡、陈潭秋、王尽美和邓恩铭；有的革命不彻底徘徊退缩，中途偏离了航向，如李达、刘仁静、包惠僧、李汉俊；有的在革命的关键时刻叛变了革命，如张国焘；有的卖国求荣变节为大汉奸遭到人民的唾弃，是中华民族永远的败类，如陈公博、周佛海。信仰是一种力量。为有牺牲多壮志。这一桌十三人，最后只有毛泽东、董必武一路战胜重重险阻，赢得并看到了中国革命最后的成功。浪底见真金。这确实是一段值得反复咀嚼的历史。

面对历史，我们或壮怀激烈仰天长叹，或引项高歌击掌叫绝，或怒发冲冠拍案而起，或俯首沉思一声叹息。90 年的历史过去，我们冷静思考在革命的浪潮中，历史人物确如扁舟一叶。这一桌十三人，不禁让我们想起耶稣"最后的晚餐"，那也是 13 个人。他们也曾是为着拯救人类的共同信仰，聚集在一起。他们当中既有为了信仰牺牲的高贵的神灵，也有背叛信仰出卖灵魂的犹大。同样的人类，不同的追求，在信仰的道路上有的选择了执着，毫不动摇，毫不气馁；有的却丧失立场经不住诱惑变节投敌，做了金钱、威权的奴隶。同样的一桌十三人，穿越千年的时空，却演绎着相似的故事情节，联系起来带给我们的该是一种什么样深刻的思考。

苏东坡词曰："大江东去，浪淘尽，千古风流人物。"

毛泽东词曰："国际悲歌歌一曲，狂飙为我从天落。"

1921 年 7 月，上海望志路 106 号的一桌十三人，如今都离开了这个世界，他们在信仰面前做出的或坚定或动摇或背叛的选择，写就了他们各自或辉煌灿烂或可歌可泣或可悲可耻的人生。但信仰的刀锋在历史的磨刀石上依然闪烁着真理的光芒！这灿烂的光芒，在如今这个物欲横流急功近利天花乱坠的时代更加显得弥足珍贵。

温暖的教诲

——带你走进中国现代文学馆

20世纪是汇聚了中华民族觉醒、思想解放和向世界开放的历史风云的100年，同时，也是中国文学不断获得现代性的100年。这之间，我们有了鲁迅，有了郭沫若、茅盾、巴金、老舍、曹禺、冰心这样众多的文学大师，宛若璀璨的文学星空中熠熠发光的北斗七星。是他们的不朽作品，使得中国的文学堂堂正正地跻身于世界文学之林。如果有一天，你有机会走进大师们的文学殿堂，置身于他们的世界——故居的瓦舍、书房的灯光、每一本作品凝集的智慧和历史镜头的聚焦——径直走近大师，感受他们的博大内心和丰富性情。有千万个理由相信，你肯定不愿意错过。

2000年5月23日，热风扑面的北京为你敞开了走近大师们的大门。这座位于京城东北角的中西合璧、富有浓郁艺术气息的现代建筑，给你展开了领略、浏览20世纪中国文学发展的历史画卷。这就是由巴金老人倡议、在江泽民总书记直接过问下建立的中国现代文学馆。

在文学馆正门中央嵌着的一块重50吨的巨石上铭刻着巴金老人的一段话："我们有一个多么丰富的文学宝库，那就是多少作家留下来的杰作，它们支持我们，教育我们，鼓励我们，使自己变得更善良，更纯洁，对别人更有用。"这是一段令我们无法忽略的话语，循循而又谆谆，没有迟疑，没有虚妄，抱朴含真，是对文学自身本质而经典的支撑，它让今天的我们能怀淡泊宁静之心，从容地走近大师，感受大师，在大师们的精神家园里散步……

　　一走进大堂，是扑面而来的纯净：墙是白色的，地是白色的，阳光从圆穹的玻璃屋顶照射进来也是白色的。沿着一小块黑色的大理石踏上四级台阶，蓦然回首，就会发现大门两边的墙是五彩缤纷的彩色玻璃镶嵌壁画，类似如敦煌，却又有着不同的主题。从右至左依次是《祝福》《家》《茶馆》《女神》《白杨礼赞》和《原野》。大厅两侧伫立着两个高达 3 米的大瓷花瓶，上面烧满了 5000 个中国作家的亲笔签名，按姓氏汉语拼音的声母 A、B、C……依次排列，你可以很快找到你所熟悉的名字。

　　继续往里走，展厅门前两侧的墙上是两幅中国现代文学名著中典型人物的巨幅油画。右边的叫《受难者》，左边的是《反抗者》。在众多的肖像中，不看图解说明就能辨认出：阿 Q、狂人、白毛女、祥子、虎妞、陈白露、孔乙己……所有这些虚构却又耳熟能详的人物组成了一幅真实的中国现代文学历史画卷，在读图时代以这种方式对中国现代文学进行形象地概括，确是要比一大面墙的文字介绍来得更直接、通俗、亲近得多。在这样一个"受难"与"反抗"的对比夹击中，你不得不带着一种沉重的心，走近大师感受大师……

　　"20 世纪文学大师风采"展厅，7 位大师像七座星宿各占一方天地。鲁迅先生的书房坐落于中央，特有讲究——小屋被《朝花夕拾》等几十本书的封面制作的"篱笆墙"所围。散文《秋夜》就写在后园的墙上，供你欣赏回味，后园里依然能见到先生钟爱的两株树的影子——一株是枣树，还有一株也是枣树。

　　作为名誉馆长的巴金，是当时 7 位大师中唯一健在的一位。展厅左边第一个书房就是他的，里面存放着他所获得的各种奖章，墙上挂着四位画家送给巴老的画像，其中高莽的一幅他最喜欢，并亲笔题字：一个小老头名字叫巴金。书房的一边放置着巴老的书桌，竟细窄得如中学生的课桌，著名的《随想录》就诞生在这桌上。而为了现代文学馆的建设，1993 年 90 高龄的巴老特意写信给江泽民总书记；江总书记亲笔复信给巴老，并先后 6 次做出重要批示。巴老把现代文学馆当作他一生中最后的一件大事，殚精竭虑，捐献25万元和7700多件各种收藏版本及手稿、书信、资料。如今深卧病榻的巴老虽然无法走进他20年朝思暮想的现代文学馆，但他早在《随想录》里就讲述了他如今已成真的美梦："在梦里我也几次在文学馆的门前，看见人们有说有笑地走进走出。醒来时我还把梦境当作现实，一个人在床上微笑。"

坐在展厅右边的老舍先生，则微笑着和墙上100个出自他笔下的主人公面对面地聊天？回忆？……在他那为人熟知的小花铲、茶壶、手杖的旁边，令人好奇地立着一个插满刀、枪、剑、戟等古兵器的木架。文学馆的常务副馆长、老舍先生的儿子舒乙先生告诉我们，老舍年轻时曾患背疼、泻肚，病后求教于济南拳师马子元，学习武术以强身健体。他在济南、青岛的家中都备有这等器械。

曹禺的小屋是一个"黑匣子剧场"，不停地放映着他的成名作《雷雨》，两面的墙上是他《北京人》和《日出》的大幅剧照。郭沫若依然站在垂花门前，书房的一侧立着他喜爱的银杏树，他的散文《银杏》也写在另一侧的墙上。茅盾的书房极其简单，简陋的书桌上仍放着他用过的笔墨纸砚和著作《霜叶红于二月花》的打印稿。这位大师在临终前写信给党中央和胡耀邦同志，强烈要求加入中国共产党，并捐献了他毕生的如今价值100多万元的稿费，设立了"茅盾文学奖"。

当过水兵的冰心先生，书房简单得无法形容，一张矮小的铁架子床、一个发黑的床头柜、一张破旧的书桌，让人感觉像是走进了10年前的基层连队。令人惹眼的除了一张《大海的女儿——冰心》的油画之外，还有一幅日本著名作家小路实笃的《石榴》。据舒乙先生说，这是冰心和吴文藻先生在日本时购买的，当时小路实笃穷困潦倒靠卖画糊口，现在日本人把它当作国宝想买回去。

就像大师们引领我们进入文学殿堂一样，让我们站在大师们的肩膀上，爬上二楼展厅，去领略中国现代文学的全貌，看一看"中国现当代文学展"。这里共分6个部分，分别以纸、石头、木头、铜、水泥等6种材料，做成6尊以"人"为主题的名为"娃娃""山丹

血
肉
青
铜

丹""向往""青春"的精美雕塑，以代表中国现当代文学发展的不同阶段，这也是"文学就是人学"的印证。在这里，你看到最多的是一张张熟悉和陌生的面孔，大约有430多位作家的照片资料，还有七八千作家的资料存在计算机里，可检索查询。

穿过一道凸起的宽约40厘米的银灰色地面——"历史走廊"，就踏上这个非常摩登的展厅中最晶莹剔透的地面——"五四沙滩"——脚下厚厚的玻璃泛着金沙滩一样的光芒。这不大的三角地带，承载的却是最贵重的物品：鲁迅的《从百草园到三味书屋》、巴金的《家》、老舍的《四世同堂》、茅盾的《子夜》、郭沫若的《孔雀胆》和闻一多的《九歌》等手稿，这一页页珍贵的发黄了的纸张，见证着历史，也昭示着未来。

朱自清先生追悼会的签名纪念薄，白色的布料上有朱光潜等许许多多名人的亲笔签名，还有他生前用过的眼镜、衣箱和在清华大学上课用的皮包也静静地躺在这里。老舍先生1924至1929年在伦敦东方学院教授中文时，为灵格风语言中心灌制的一套汉语教学唱片和书籍也叶落归根，课本正翻在第21课《看小说》。旁边是萧乾二战期间使用的照相机和1939至1940年在纳粹德国轰炸伦敦时使用的防毒面具。

三楼的"作家文库"是55位作家的个人文库，一个挨着一个顶天立地占据了四面的墙壁。环厅一周的18位作家的模拟书房，足够你"探头探脑"地瞻仰品味大半天。书房中摆的都是作家捐赠的实物。在所有的大书桌里，最值钱的要算陈白尘那个出自清宫仍留有皇家墨迹如今价值50万元的黄花梨镶大理石写字台。屋内的摆设除了笔、纸、书和钟表之外，各有千秋。胡风的案头有用来插笔的小金属火车，桌前是他坐过的破旧藤椅；丁玲的木躺椅，桌上有鲁迅的全身像；叶君健的桌上放着至今仍能使用的英文打字机，他就是用这台打字机翻译了10部著作；诗人阮章竞的书房里挂着他自己的两句诗："无才做诗苦，何似种瓜甜"；端木蕻良和萧军的小玩意最多，前者有三叶虫化石、缅茄、南极石和彩陶片，后者的墙边竖着古筝，墙上挂着长剑，还贴着一人一马两个皮影，桌边放着一柄拐杖，悬着一旧

温暖的教诲

军用水壶，书柜上有一把二胡，里面还有一块不知什么年代的青瓦；而萧乾的书房最有现代气息，有录音机、自行车，还有一个脚掌按摩器。而在这18位作家中，目前仍活着的只有著名作家刘白羽，书房里挂有一张他个人油画像，一幅"明月手可掬，清风不用钱"的对联，或许正是作家一生的写照。而在地下室，有中国当代最著名的40位艺术家在两个月内，为中国现代文学馆建立所做的藏书票，精彩纷呈，蔚为大观。

作为中国现当代文学的资料中心，中国现代文学馆无疑是我国20世纪文学的宝藏，也是本世纪最为重要的标志性文化载体之一，它在设计和建造上极为考究，首期投资1.5亿元，三期建成后是世界上最大的综合性现代文学馆，可谓是俯仰古今，笑对千年的文学殿堂。走出展厅，在正门中央嵌着的巨石背面，又读到巴金先生坦诚的心声："我们的新文学是表现我国人民心灵美的丰富矿藏，是塑造青年灵魂的工厂，是培养革命战士的学校。我们的新文学是散播火种的文学，我从它得到温暖，也把火传给别人。"

文学馆展厅旋转大门的门把上精心蚀刻的是拓下来的巴金先生的手模，来这儿的每个人都会在与大师手印的相握中，感受到新文学的温暖，从而在大师深情地牵引下，也会变得目光远大……

同样有千万个理由相信，大师温暖的教诲在这里获得了不朽的延伸。

血肉青铜

血肉青铜

——中国人民抗日战争纪念雕塑园扫描

2000 年 8 月 15 日，在抗战胜利 55 周年的日子里，中国人民抗日战争纪念雕塑园在卢沟桥事变爆发地——宛平城畔落成并对外开放，成为纪念这一伟大事件的最大的爱国主义教育基地，并以其恢弘的气势、深远的政治和历史意义赢得了众多的喝彩。

中国人民抗日战争纪念雕塑园是为纪念世界人民反法西斯战争和中国抗日战争胜利 50 周年，由北京市政府投资 3.15 亿元建设的。占地 20 公顷的园内主要建筑物有"中国人民抗日战争纪念碑"和 38 座以"中国人民在日本侵略者发动全面侵华战争的危机时刻，同仇敌忾，奋起救亡，用我们血肉筑起我们新的长城"为主题的青铜雕塑。

走进雕塑园，你就会看见一大片苍松翠柏和绿地组成的高级绿化区，肃穆而又清新，庄严而又壮阔。当你踏着反复播放的交响乐《黄河》的旋律，走进雕塑园群区，音乐像长了翅膀一样，带你穿过时空的隧道，走进历史走进那个风雨如盘的年代，我们的头脑中就会浮现四万万同胞、八年抗战和无数的英雄人物以及惨烈的战斗场面。漫步雕塑园，细心的观众会发现从东到西有一条用卵石铺成的"几"字形甬道，九曲十八弯地穿行于雕塑群中。而这也正是设计者的匠心，这甬道象征着我们的母亲河——黄河，而甬道中的卵石也全部都是从黄河中采集来的。

园内最惹眼的是"中国人民抗日战争纪念碑"，11个镏金大字在阳光的照耀下，熠熠生辉。方柱体的碑身高15米，宽8米，厚6.6米，巨大的花岗岩压在碾碎的日本侵略者战争机器的残骸上，象征着正义必胜，一切侵略者必将失败。这些武器的残骸有日本侵略者的坦克、火炮、机枪等。

纪念碑的前面是雕塑园的中心广场，占地2500平方米。与其他广场不同，设计者马国馨将它设计为下沉式的"凹"型，而由花岗岩铺成精美图案的广场，选用的石材全部来自中国抗日战争的主战场。站在广场中央仰望纪念碑和四周的群雕，自然而然地让你感受到一种沉静、肃穆的气氛，这也是向长眠与地下的抗战英烈们表示一种深深的敬意和哀悼吧？

从广场拾级而上，占地22500平方米的雕塑群区，矗立着的38尊直径2米、高4.3米的方柱形青铜雕塑，仿佛一下子向你包围过来，素朴、直观、形象的给人以强烈的视觉冲击。以"国歌"为主题思想的群雕，按中国传统碑林形式平面列阵，以民间黄杨木刻的艺术手法雕刻，多视点、多时空、多场景的表现了中国人民不屈不挠的民族精神和大无畏的英雄气概。按中国人民抗日战争历史进程，分为"日寇侵凌""奋起救亡""抗日烽火""正义必胜"四个部分，以纪念碑为中心逆时针分布。如果仔细观察，你就会发现，四个部分雕塑的底座颜色各不相同，依次是黑色、灰色、青色和红色，身临其境就能感到艺术的魅力，它分别象征着日寇侵凌时的黑暗与苦难、奋起救亡时的沉重与艰难、烽火连天的残酷与沧桑、胜利后的光明和正义。

第一部分"日寇侵凌"的9尊雕塑反映的是日寇在中华大地上制造的苦难景象。自1931年9月18日，一声罪恶的枪响划破了中华大地的宁静，手无寸铁的无辜平民惨遭杀戮，尸骸成堆，血流成河。野兽一样的烧、杀、抢、掠，"清乡""扫荡""三光政策""屠城""无人区"这些在爱好和平的中国人字典里从来没有过的词汇，被日本鬼子表演得淋漓尽致。在《腥风血雨》雕塑上，我们看到了被吊起来的平民百姓被刀砍、刀剁、烙烫、火烤、活埋、剥皮的惨无人道。在《山河破碎》里我们看到，从农村到城市到处是无家可归的难民，年迈的老人流落街头欲哭无泪。在《虐杀劳工》里有一口中国劳工被迫服役的矿井，他们衣不蔽体，食不果腹，牛马不如。导游小姐介绍说，在日本北海道明治矿山服役的中国劳工刘连仁，侥幸逃离矿山，却在日本过了13年野人生活，直到1958年才被发现。在看看《南京大屠杀》，日寇对我30万无辜同胞进行长达6周灭绝人寰的屠杀，触目惊心的"杀人比赛"，让我们记住了分别屠杀106名和105名中国人的日本鬼子向井敏明和野田岩。看！这个正在"摄影留念"的鬼子，他当然不会料到他无耻的暴行竟会给自己留下罪恶的铁证。再看看《"731"魔窟》，一把沾满鲜血的手术钳正插在中国人的胸腔解剖，一只只老鼠、跳蚤也变成了传播细菌的"武器"。在《狂轰乱炸》《"三光"罪孽》《家破人亡》《惨绝人寰》这四尊雕塑里，我们看到有孤苦伶仃的老人、有悲伤欲绝的少女、有怀抱婴儿孤独无助的农妇，他们苦苦挣扎在死亡线上，中华大地到处是"千里无鸡鸣，白骨露于野"的"千人坟""万人坑"的惨景。来瞻仰的许多人都在雕塑中一位母亲面前流下了悲愤的泪水——母亲至死都在用她那温暖的胸膛保护着孩子，她多么想用自己的生命换给孩子一份安宁！她仰着头，好象在质问苍天：快睁开眼睛看一看吧！为什么日本侵略者连懵懂无知的孩子都不肯放过？

"起来，不愿做奴隶的人们！"烽火连天，国难当头，国家兴亡，匹夫有责。在第二部分"奋起救亡"的18尊雕塑里，我们看到了在历史教科书里看过的热血青年们振臂高呼"打倒日本帝国主义"；看到了白发苍苍的老者、不让须眉的妇女和可爱天真的孩子们手挽手肩并肩的游行队伍；看到了以文艺为武器、视剧场如战场的文艺界人士的义演募捐；看到了海外赤子远航归来奔赴前线英勇杀敌的足迹；看到了"母亲叫儿打东洋，妻子送郎上战场"的亲人送别的感人场面；看到了肩挑车推、车轮滚滚的支前大军和沂蒙红嫂一样不分前方后方军民团结如一人的钢铁洪流……

嘹亮的进军号角响彻长城内外，抗战烽火燎原大江南北。第三部分的11尊雕塑，分别以《血肉长城》《同仇敌忾》《铁流激荡》《战

血
肉
青
铜

地救护》《复仇怒火》《大刀雄风》《军民情深》《巾帼赞曲》《血色童心》《寸土不让》《血战到底》命名，从不同角度、不同内容和不同手法展现了中国人民前赴后继、英勇抗战的战斗画面。在这里，我们可以看到耳熟能详的平型关大捷、台儿庄战役、运动战、游击战和许多英雄人物故事，如：八女投江、小英雄王二小、狼牙山五壮士和国际主义战士白求恩、柯棣华等等。其中《大刀雄风》的雕塑，更令人想起那首至今仍传唱不息的"大刀向鬼子们的头上砍去，杀！"

从白山黑水到南国边疆，从东海之滨到西北边陲，英雄的中华儿女，万众一心，冒着敌人的炮火，用血肉筑起了一道坚不可摧的长城，托取了抗战的胜利。这是第四部分"正义必胜"中《铜墙铁壁》《雪地英雄》《中流砥柱》《破袭风暴》《雷阵神威》《地道奇袭》《芦荡雁翎》《南国劲旅》《运筹帷幄》《战马嘶鸣》《欢呼胜利》等 11 尊雕塑所表达的内容。铁道游击队、地雷战、地道战、雁翎队、琼崖纵队、回民支队、南泥湾……马本斋、杨靖宇、赵一曼，各民族的儿女们，众志成城，"打得鬼子魂飞胆丧"，终于赢来了胜利。但我们也要记住，这场战争造成中国军民伤亡人数达 3500 万，财产损失达 6000 亿美元。而它留给中华民族的创伤，又怎能用可比的数字来形容和表达呢？

在雕塑园的背面，就是距今已 360 多年，东西长 640 米的宛平城墙。站在园中，我们依然可以清清楚楚地看见日寇枪炮轰击城垣的累累痕迹，它仿佛一个历经沧桑的老人，在这里给来来往往的人们诉说着已经凝固的历史……而光明与黑暗、正义与邪恶、善良与狠毒在现实与历史的观照中，艺术地让历史告诉未来……群雕以其连续性、纪念性、史诗性、人民性让所有的来者在心灵深处产生了共鸣，成为全世界独一无二的纪念性雕塑，被人们誉为"凝结在青铜中的史诗"。

而它的成功，却凝聚着中央美术学院雕塑系 22 位雕塑家、400多名全国各地的助手和工人们 5 年的心血和汗水。该系主任隋建国告诉笔者，5 年来，他们克服了数不清的困难：夏天，雕塑家们挥汗如雨，不顾蚊虫叮咬和"修铜"时铜粉浸入毛孔的疼痛，经常是通宵达旦；冬天，他们不畏严寒，为防止泥塑结冰酥裂坍塌，还要燃烧木炭架炉生火，4米多高的脚手架，70多岁的老先生们爬上爬下，不辞辛苦。

铜雕铸历史，悲壮写辉煌。38 尊雕塑以庄严、肃穆、坚实、凝重的风格，用近千个人物形象，凸显成一部中国人民用血肉凝结在青铜中的宏伟史诗，生动立体地再现了半个世纪前中华民族前赴后继，血肉图存，惨烈悲壮，浓重激烈而又波澜壮阔的抗战历史。前事不忘，后世之师。如果把真实的历史与当今日本朝野仍然叫嚣的"军国主义"联系起来，让我们不由想起毛泽东同志的告诫："日本帝国主义利用其和中国接近的关系，时刻都在迫害中国各民族的生存，迫害着中国革命。"伟人在时空里纵横捭阖，他的话告诉我们许多朴实的真理，至今仍让人警醒。而中国人民抗日战争纪念雕塑园的建立，其作用于意义将在这样的背景下得到证明与延伸，我相信。

遥远的朗姆迦

朗姆迦，是一个遥远的地方。第一次听到这个地名，是 20 多年前的 1995 年。那时，我在南京政治学院新闻系读书。一个十分偶然的机会听说家乡安徽省怀宁县石牌镇有一位中国远征军女兵，在缅甸北部的野人山历经九死一生的战争磨难之后幸运地活了下来，而且是中国大陆唯一的幸存者。那一刻，我就决定一定要找到她，写写她。暑假，我回到家乡，怀着敬畏和崇敬之心终于辗转在合肥找到了她。她的名字叫刘桂英。那年，她已 75 岁，与我父母是同龄人。就是在这次采访中，我知道了遥远的印度有一个地方叫朗姆迦。

朗姆迦位于印度比哈尔邦北部，岿然延绵的喜马拉雅山脉和波涛滚滚的恒河正好把它夹在中间。20 世纪初叶，那里荒无人烟。直到第一次世界大战爆发，英国殖民者在这里建造了一座庞大的战俘营，曾关押过两万多名从北非战场转运来的意大利战俘。1942 年 4 月，中国远征军 10 万将士出征缅甸，配合盟军抗击日本侵略者。由于盟国英军在关键时刻为保存自己逃往印度，没有积极配合作战，导致中国远征军兵败野人山，惨死胡康河谷者竟然达 3 万多人！部队在杜聿明的带领下，撤退到印度北部的朗姆迦——这里已由中国战区参谋长史迪威将军负责，变成了中国远征军的训练基地。刘桂英所属廖耀湘新编第 22 师竟有 4000 多人被野人山的瘴气、瘟疫吞噬，是转战缅甸两个月战场死亡人数的两倍！部队花名册上有的整营整连覆没，无一生还。新五军军部惨得只剩下 1205 人，杜聿明差点成了光杆司令。

而在刘桂英未归队前，部队花名册上"性别"一栏竟没有一个"女"字，她的名单已被列入"死亡花名册"。刘桂英告诉我，走出野人山让她体会到"死亡才是世界上最简单的事情"。

新编第 22 师野战医院的护士刘桂英爬出野人山的消息在朗姆迦传开后，立即成了新闻人物，前来看望她的人络绎不绝。师长廖耀湘和夫人黄伯容女士亲自请她去家中做客。著名画家叶浅予先生，还特意从重庆赶来为她画像，表达敬意并赠一张给她留念。最让她感动的是，部队领导特别批准她和一起患难走出野人山的恋人在朗姆迦结婚。在朗姆迦的日子，她像一只快乐的小鸟在自由和平的天空飞翔。1943 年农历九月初七，她在印度朗姆迦生下了第一个孩子，取名"竺兰"（印度古称"天竺国"）。10 月，远征军将士擦干身上的血迹，踏着一年前战友留下的累累白骨，对盘踞在野人山的日本第 18 师团进行反击，于 1945 年 1 月取得了胜利。让刘桂英终生遗憾的是，反攻野人山的战斗因为有了小孩未能参加。反攻胜利后，她抱着女儿，回到阔别 3 年的祖国。

采访结束后，我撰写了报告文学《唯一走出野人山的女兵》，先后在《女友》和香港的《紫荆》杂志发表。那一年正好是纪念抗战胜利 50 周年，几十家报刊转载，在社会引起强烈反响。武汉一位姓马的老先生看到后，用毛笔小楷一笔一画地将原文抄写一遍寄给了刘阿姨，阿姨又转赠给我。许多读者写信给我，表达对老人家的敬意。北京的冯新先生在得知我是一名军校大学生后，致信我"为民族立了功，是做了善事，做了积德的事"。至今，这些来信，我依然珍藏着。又过了 10 年，2005 年，为了纪念抗战胜利 60 周年，包括香港凤凰卫视《冷暖人生》栏目在内的许多媒体找到我，顺利采访了刘阿姨，在世界引起更大反响。那一年，阿姨第一次荣获了一枚由政府部门颁发的抗战纪念章。也就是从那时起，我给自己的创作立下一个愿望，以刘阿姨走出野人山为素材写一部长篇小说，书名就叫《遥远的朗姆迦》。2008 年我开始动笔并完成了 3 万多字，却因接受军委张万年上将传记的写作任务，只好搁置下来，直至今天。

因忙于工作和生计，近 10 年来，我与刘阿姨少有联系。即使每年春节回故乡探望父母，也都是从北京直抵安庆，没有时间在合肥停留，心中总暗暗地觉得对不起阿姨，默默祝福她健康平安。因为阿姨与我父亲都曾在怀宁县教育系统工作，后来又同时在反右斗争和文革中受挫，因为我的文章，他们之间曾有过书信往来。今天，我与阿姨通了电话。95岁的老人家，听力已经不好，但声音还是那样洪亮，对20年前的采访以及我的文章所引起的反响记忆犹新，话里话外对我这个晚辈仍心存感激。电话中，当她得知我父母都已离世，非常悲伤；得知我刚刚出版《另一半二战史：1945大国博弈》时，非常高兴；同时她为国家在9月3日举行胜利日大阅兵非常喜悦。她还激动地用怀宁乡音告诉我："今年政府还要为活着的抗战老兵颁发奖章，我可能也能得到一个。"浓浓的乡音之外，我完全能感受得到，一种无比幸福的笑容挂在她那满是沧桑的脸上，我知道那就是慈祥，那就是宽容。

哦！遥远的朗姆迦，对于刘桂英阿姨来说，那是她的再生之地；对于中华民族来说，那是苦难之殇；对于我来说，那是一个作家的文学之梦。

血肉青铜

白纸船

　　大宝摸了摸上衣口袋里那封厚厚的信，沉甸甸的，像块石头压在胸口。他不只一次地想过，要把这"石头"搬掉，可又总是犹豫不决。他知道，男人最大的缺点就是优柔寡断。

　　"分手，必须和她分手！"这决心定下，可心里还有些乱。仅半个月的探亲假，大宝却觉得漫长。母亲前年做主为他订了这门亲事，他还没给母亲一个肯定的答复。母亲来车站送他，在他身边不停地唠叨，他一句也没听进去。他在想：她怎么还不来呢？来了我又怎么跟她说呢？大宝觉得这封厚厚的信都无法讲清楚。母亲曾多次警告过他，别没良心，当了班长就甩了人家。他又何曾不想和长相绝对配得上自己的她结为伉俪呢？可电视小品里那个"五毛钱一两，一块钱不卖"的傻小子又让他后怕，他不敢想下去，越想越烦。

　　眼看就要发车了，她还没来。大宝下意识地摸摸口袋里的那封信，有点急了。"妈……"他想问母亲，可话到嘴边又咽了回去，那滋味像海水一样。

　　"啥事，宝儿？"母亲不解地望着突然默不作声的儿子，心里"咯噔"一下，"咳，娘这记性，差点把大事给忘了。"母亲笑着，从口袋里掏出一个小包，轻轻地打开，里面是一只精致的白纸船，"这是小花送给你的，她让我告诉你，今天身体不舒服，不来送你了。你们年轻人写信，还折成船呀鸟呀的，娘不懂，但娘知道小花这孩子是个百里挑一的好姑娘。这也是你娘的福气哟！"

见母亲喜形于色，大宝无奈地点着头。从父亲去世后，母亲还从来没这么高兴过，他不忍心伤害母亲。接过那只白纸船，他匆匆挤上了列车。

车开动了，大宝小心翼翼地拆开那白纸船，几行隽秀的字迹映入眼帘——

大宝哥：

　　你这次回来，心事重重，我知道你在想什么，法律上也有规定，我们还是分手吧！我知道这是一种非常痛苦的选择，但我会说服自己的，也会说服姨妈的，你放心去吧。我多么希望你像这只白纸船一样，自由自在地在湖海里畅游啊！永远祝福你！

　　　　　　　　　　　　　　　　　你的表妹：小花

两行不相交的热泪，不知不觉在大宝的脸上流下来，淋湿了白纸船……

新兵万岁

写《新兵万岁》的日子，正好当兵四年整。

12 月 13 日，刻骨铭心的日子。它的意义用语言来表达是艰难的。这或许如这四年走过的路。而在这样的日子里又必须写下一些文字，我的心才能平静下来。在皖西南的农村生活了 19 年，当我头顶上的那片蓝天既不辽阔又不深邃的时候，当我脚板下的那条小径既不平坦又不深长的时候，我心里便痴痴梦想着那一片绿色，却走进了大海的蔚蓝。从民到兵，这一步有多远？100 天。之后在机关当文书，再后来考上了军校。平平淡淡才是真的生活一晃过了 1000 多个日日夜夜。静坐细琢磨，再回味，便深刻起来。这种深刻的意蕴和内涵或许只有军人才能真切地感知，也只有军人之间才有那默契的不可言传的意会。而这种意会，我暂时还没法写出来。

说句心里话，我多么希望写些自己喜欢别人也喜欢的东西。当有一天在我满满的书箱里再塞进一本书，封面上写着自己的名字，名字上有自己的这张真实的脸，那个日子，除了自己，还会有谁比我自己更开心呢？

——题记

"新兵万岁！"

写下这四个字的时候，是 12 月 13 号。三水当兵整整四年了。四年前的这个日子，三水记得清清楚楚，是乡武装部丁部长亲自帮他穿上那身蓝军装的。因为少发给三水一条牛皮腰带，丁部长还请他吃了碗肉丝面……那天早上，三水大清早就往武装部里赶。"水娃，站住！"父亲叫他，三水站住了。三水有点怕父亲。父亲是这个山旮旯里唯一当过兵的男人。父亲当兵也当在山旮旯里，只不过那山和家乡的山不一样，要高大雄伟得多，但也偏僻得多。三水知道父亲当了五年兵，五年打山洞的兵。父亲告诉过他，当兵五年连一个山洞都没打完，在给大山留下五个指头后，只好回家了……三水抬起眼看看父亲，父亲用残疾的左手捶了一下他的肩，没说什么。三水觉得肩上有点疼，只默默地点点头，背起背包，一转身就当兵走了……

四年了，三水时时想起往事，都觉得：在人生曲折的道路上，最美好的回忆莫过于那亲切的告别了。三水，大名叫淼。小时候，母亲替他占卜过，算命先生说这孩子命里缺水，就取名淼，小名就叫三水吧。或许三水真的和水有缘份，就当上了水兵。为此，父亲曾看着自己的左手扼腕叹息，他真希望三水能打一个漂漂亮亮的山洞来。而三水却不以为然，迫切地希望走出山沟沟，去看看山旮旯外面的世界。

火车走了两天两夜，把三水带到了太行山下。三水傻了眼。不是水兵么？接兵的怎么把我接到大山沟了？三水背着背包，穿着没戴领花帽徽的军装，楞着……怀疑是不是老实巴交的父亲在里面做了手脚。不知谁叫了他一声。"到！"三水应了一声。不知怎的，这一声"到"，站在队伍中的三水感觉和从前在学校老师点名时的感觉特不一样。三水心里想：嗯，我是一个兵了！

三水被分到新训三班。这里是海军某部的新训基地，这是后来才知道的。下车时，是晚上，天上没有星星没有月亮，因此三水觉得特神秘。他跟着一人"官儿"走上了三楼，那官的肩膀上没有"星星"，只有两道细细的金黄色的杠。三水不懂这是多大的官，心想以后可不能得罪他。当兵前，同学们都讲过部队里管理特严、训练特苦、老兵特牛……可不知为什么，总还有那么多同学想当兵，三水自己也搞不清楚自己这是为什么。刚上楼，突然好几个"光头"从楼上冲下来，抢着拎三水的背包。三水吓了一跳，老兵们怎么这么客气啊？三水觉得有点受宠若惊。"官儿"说："森，你在12班，晚上把头发理了。"三水点点头，进了屋里。三水也成了"光头"，摸摸自己的脑袋，他才开始小心翼翼地和别人讲话，从包里拿出香烟和家里带的土特产一个个地送上，这时他才知道那些"光头"和自己一样都是新兵。三水虚惊一场，这才算松了口气，心想，这群"光头"就是自己的"战友"了。晚上三水正想睡觉，官儿吹哨：楼下集合。三水匆匆下楼，发现除了几张熟悉的面孔之外，楼下大厅里忽啦啦站满了人。三水感到很奇怪，刚才上楼时怎么一个人影也没有？这大概是部队的神秘了，三水觉得自己再也不能稀里马哈了。三水匆匆站到队伍的后面，不敢出声。

"官儿"站在前面喊"稍息"，"立正"，然后转身给一个肩杠三颗星的大官敬礼："连长同志……""官儿"那转身的动作那敬礼的姿势"真潇洒!"，三水暗暗地佩服"官儿"了。这时连长说话了："同志们，你们是祖国的热血青年，怀着同一个理想，从祖国的五湖四海走到了一起，今天……要迈好军旅生活的第一步，完成从民到兵的转变……"

怎么？我还是个老百姓啊？三水纳闷了。100天，还要100天，我才算一个兵啊！这太遥远了！官儿发火了。官儿是三水的排长，是个老志愿兵，据说比连长还早一年兵。三水从《入伍须知》上知道排长的军衔叫"军士长"。现在官儿正在训斥阿川。官儿是不轻易发火的，向来都很和蔼。阿川来自海南岛，因不适应北方气候，当了逃兵，刚从火车站被"抓"了回来。

阿川站在100多号男子汉面前，哭了。三水看到阿川哭了也不好受。他想官儿真有点不通人情，怎能当着这么多人的面不给阿川一个面子。这时他听到官儿说要他们记住是来当兵。官儿说话时把"兵"字的音调提得特高。三水听着听着又开始埋怨阿川没有出息：这点苦又算啥？不就100天吗？你挨训了我们陪训，这下倒好了……三水站在那里觉得膝盖有点发酸了，真想抬抬腿或用手揉揉，可他又不敢……听别人说，三连的兵是后勤部的机关兵，将来分到青岛。三水听说到青岛，就有说不出的高兴，因为三水有个哥哥在青岛读书呢！

几天后的早晨，官儿找到了三水："淼。"

"到！"三水正埋头叠被子，没看见官儿进来，听到官喊他，三水马上从床上下来毕恭毕敬地成立正姿式站在官儿面前。官儿说："淼，听说你能写文章，给我写几篇交给指导员。"

三水楞了：官儿怎知道我会写文章呢？说句心里话，三水能当上兵也就好在他的作文曾获过华东六省一市中学生作文比赛一等奖，被接兵的看中了的。在火车上，三水也的确写过一篇《难忘的旅行，美好的开始》的表扬稿，在火车上广播了呢？三水不敢怠慢，可官儿是怎么知道的呢？三水中午就写了篇散文《几回回梦里回故乡》交给官儿了。晚上官儿告诉三水："淼，好好干，当个好兵！"

三水得到官儿的表扬，心里乐了，还把这个写信告诉父亲，暗暗地鼓励自己：当个好兵！

"一，二，一"

三水觉得很新鲜又很奇怪，当兵的怎么连走路都还要学。从小就会走路，走了十八九年了，还有啥好学的。可练了几天之后，三水才觉得走路还真是一门很深的学问，要想做到步调一致整齐划一那真不容易。这让三水想起在电视上看过三军仪仗队那威武的场面，三水暗地里就觉得有点惭愧了。

"淼，出列！"班长喊他。

"新兵蛋子，你脑子想啥了?!"

三水慌了。"到！"三水跑步站到班长面前。三水心想这次班长不会放过他，肯定要狠狠地剋他一顿了，此时三水真有点恨自己不该开那小差。三水被单兵教练了。

"一、二、一"

三水在班长宏亮的口令下齐步，跑步，正步，稍息，立正……

在三连操扬的旁边有一块水泥地篮球场。这里是一块特殊的训练场，三水和他的战友们都给它取了一个很好听的名字——"处女地"。因为那上面是一群女兵。女兵，多么神秘啊！那是一群既有阳刚之气又有阴柔之美的女孩！三水一直都这么认为。因此，三水也打心眼里感激新训团将他们三连的操场分在女兵排的隔壁，而他们 12 班又恰恰紧紧靠在"处女地"的边上。这样，训练时三水总喜欢偷偷地瞧一眼正在训练的女兵。三水有这种行为的时候，同时也发现有这种行为的并不只是他一个人，甚至连班长也是如此。因此，今天班长当着这么多女兵的面，让三水亮相，走"一、二、一"，三水觉得班长是在找个理由看"处女地"上的风景，是在故意捉弄他，让他"掉价"。三水边走边想。更让三水难堪的是班长竟在三水走到"处女地"的边缘时喊了一声"立定"。条令条例上有明文规定：立定时要抬头挺胸，两眼平视前方……三水嘴里不停地默念着条令条例，感到脸上火辣辣的，似乎有许多双女兵的眼睛像箭一样要穿过自己的五脏六腑。三水抬头挺胸，心想反正豁出了，那大义凛然的样子连三水自己都觉得有点滑稽。渐渐地三水不知不觉地低下了头，两个眼睛看到自己鼻子尖正在冒汗，心里却骂了句"他妈的"。三水不知道这是什么时候学会的。"他妈的"，三水不知道这是在骂自己还是在骂班长或者是骂那些偷偷看他的女兵。三水也突然觉得当了兵骂"他妈的"好像和当兵之前的味道不一样，没有"他妈的"骂人打架的意思，好似这句话这三个字从当兵的嘴里冒出来并不是一种伤害人的语言，而且有点文明，只不过粗鲁些罢了。

"向后——转！"班长的预令拖得很长，动令却非常的干脆利落。可就是在班长喊预令与动令之间的一刹那，三水眼睛的余光"捕获"到一张挂满泪水的脸，就在他正前方不到 10 米处，有一个女兵正低头成立正姿势，面对着三水。那是张可爱的脸，三水想，女孩流泪时最动人。女孩来当兵是不容易的，都是有后台有路子的，三水不知从哪里听别人说过。她怎么也站在这儿呢？是不是和我一样开小差了呢？谁叫你偷看我们男兵，嗯，活该！想到这，三水又觉得对不起那个女孩，怎么说别人，自己呢？三水开始有点恨那女兵班长了，"世上最毒妇人心"，三水不知怎么想出这句话，又觉得自己有点过分，不该这样。"转！"班长的动令下了，就在转身的一刹那，三水利用转体时的 180 度角斜视了一眼那女兵：大大的眼睛，红红的脸蛋、挺挺的鼻梁，真得很"靓"……三水打心眼里想再看她一眼，可班长已下了命令，三水后悔刚才不该低着头了，错失良机，三水感到很遗憾，心中酸酸的。

三水转过身来。"入列!"三水跑回了队列中。休息时，同班的战友都开玩笑说三水真是"艳福"不浅。三水嘴里说："去，去，去，开什么玩笑……"可心里的那种感觉只有三水自己知道，三水知道那是一种很微妙的情感的波动。他觉得中学《物理》课本上的"异性相吸"竟是一种哲学。因此，训练结束时，三水对班长说了声"谢谢!"三水说完这两字自己也感到莫名其妙。班长却乐哈哈地笑了……

元旦到了，团里要组织一次黑板报比赛。指导员把任务交给了三水。三水感到任务艰巨，第一次接受这么大的任务，是参加一个团的比赛，不能轻视，弄得不好，会影响自己的前途。三水尽了最大的努力花了两个中午和一个晚上终于把板报弄出来了。构图十分地简单，在中间位置是一个圆形的刊图：一艘正在远航的战舰，上面停着两架战斗机，海面的上空还有两架正在盘旋飞行，远景是一轮正冉冉升起的旭日。细细品味，画面十分壮观和辉煌。在板报的右角上，三水发了自己写的一首《列兵》的小诗——

> 一道金黄色的杠
> 把你列入军人的行列
> 此后的日子里
> 有许多人用眼睛和心灵
> 渴望
> 它成为你的
> 人生之路
> 盼你肩戴金星
> 扛起共和国灿烂的
> 星斗

那天，指导员带着三水去参观了所有的板报。三水的心如十五个提桶打水，忐忑不安。据说，评委会主任是位更大的官。还听说一位将军来看过新兵们办的板报。并对其中的一首小诗发生了浓厚的兴趣。三水想如果那首小诗是自己写的那首那该有多好啊！三水用幻想来安慰自己。

评比结果出来了，三连获得了第一。傍晚时，指导员激动地把这个消息告诉三水时，三水谦虚地不好意思地笑了笑。指导员以为三水有什么心思，就不停地问长问短，拉着三水进了炊事班，并亲自做了一大碗四个荷包蛋煮面条端到三水面前。三水说："指导员，这使不得。"指导员说："咋了，俺亏待你了！""没，没有，指导员。""没就给我吃下去！你为我们三连争了光嘛！"指导员下"命令"了。三水看着面条不知怎么鼻子酸酸的。离家快一个月了，三水忽然有点想家，有点想一个女孩……

晚上，连长把三水叫过去。"淼，你想学无线电么？现在有几个名额，我们可以推荐你去，将来学个技术转个志愿兵什么的，都挺好的，你说呢？"三水来自农村，连长很直率地告诉三水，希望三水将来有个出息。三水谢谢连长，摇摇头说："连长，我只想分到青岛，好吗？"连长看着三水，不知三水为啥不愿去，别人都抢着去呢！连长也摇摇头，也不知三水这兵是咋回事，让人想不通。三水自己也不知为什么放弃这么好的机会不去。或许他只是想去那个美丽的城市去看看大海，难道就仅仅只为这一点，那会太不值得的。可三水真的没有想那么多。

第二天，一位将军要来看望新战士。到三连时，将军看到了那块黑板报，便点名要看看三水。三水记得父亲曾告诉过他，父亲当了五年兵也没见过一位将军。三水握着将军的手，激动不已，觉得自己身价倍增，看着自己的手直想流泪……

在新兵连，三水觉得最过瘾最感兴趣的是看电影。其实三水喜欢的并不是电影，而是看电影的"拉歌仗"那种氛围。那阵子天天唱革命歌曲，把几十年的"陈年老酒"都搬出来，说来也怪，平时不屑一唱的革命歌曲到了百十人的大合唱，那阵容真令人荡气回肠。如果打起"拉歌仗"来，那场面更是排山倒海气吞山河。尤其是每到

新兵万岁

这一天，唯一的女兵排总被九个男兵连轮流"拉"起来，谁都不甘示弱。什么"女兵连那么嗬咳，来一个那么嗬咳，你们的歌声稀稀里里哗哗啦啦索索嘿，来一个那么曜嘿！……可一等女兵连唱起来，男兵连又用歌声压下去。有时女兵连干脆就不唱。不唱不行。男兵连又来了——

"女兵连，来一个！"

"来一个，女兵连！"

"要唱干脆，时间宝贵！"

"革命歌曲大家唱，我们唱了你们唱！"

"女兵连唱得好不好？再来十个八个要不要？"

"一二三，三二一，一二三四五六七，快！快！快！"

歌声、喊声、掌声不断，此起彼伏，热火朝天。三水沉浸在一种难以抑制的冲动之中，和战友们一起喊一起吼一起鼓掌，三水觉得这特刺激特有兵味特雄壮特激昂特振奋人心，那真是"没治了"！

让三水觉得最难受的是每天熄灯后躺在床铺上难以进入梦乡的那一段时光。这段时间，三水心里就开始默默地独自想着那故乡的女孩。三水很想那个女孩，可又不愿像其他战友一样大胆地吹自己的女孩。三水是那种不轻易将感情外露的男孩，尽管他的性格很外向，可在感情上却是内向的。三水觉得人生就那么一次，真情也就只有一次。因此三水非常珍惜他高中时代的初恋。尽管，初恋时他们什么也不懂，也不知道现在他们会真的像董文华唱的一样，天遥地远，只能望星空，盼十五的月亮，只能千里明月寄相思。因此，三水内心充满着痛苦，他不知怎么办才好？他想在部队干出一点名堂，至少也要在肩上扛上两颗星才不愧对江东父老。可他们的爱情将是马拉松式的，将来会是一个什么样的结果？不是不爱，只怕爱是一种伤害。三水不敢往深处想。可不想又是不可能的，不然军训生活就会失去一种催化剂或者叫润滑剂的东西。真的，三水总是在想与不想之间徘徊，而也就是在这种徘徊中三水在慢慢地迎接一个明天又一个明天的到来……三水是那种思想浪漫；行动现实的人，尤其是现在。三水只能靠回忆来满足自己的那份思念的欲望。三水永世都不会忘记那一夜，三水站在教室的走廊里，天上没有月亮也没有星星。只有他和她，他感觉到了她身体内部的温暖，她牙齿的湿润以及口腔的甜蜜和那柔软的凸起的唇。她的膝盖紧压着他的膝盖。他们好似与整个世界隔绝，单独地待在楼道里，在昏暗的天色下，彼此靠近到最后的界限，但却没有越过这个界限。三水觉得那是一种没有经验的纯洁的羞怯心制止了他们。后来，她深情地唱了一首《星星知我心》……现在三水反复咀嚼着那一夜那最初之吻的那一夜，三水试图从中咀嚼出口感之外的另一种滋味，而滚动在眼里几千次几万次的一滴泪，怎么也掉不下来啊！

真情只有一次。三水不停地告诫自己。因此，每天晚上三水就抽空爬到楼顶平台上，对着南方说：三水，坚强些，爱既然是苦的，那么苦也要苦出个出类拔萃！

下雪了，三水就偷偷地一个人用手轻轻地在雪地上写下那个女孩的名字……

新训快结束了。团里要举行阅兵式。三水却被指导员抓去填表写总结。因此，战友们特别羡慕三水，说三水真有福气，不用在操场上喝西北风踢正步练刺杀。三水不知怎么说才好。其实他真希望成为阅兵方队中的一员。三水觉得新兵没有参加检阅，就不能算一个合格的兵。因此，三水和一些队列动作不标准的战友站在场外，看着弟兄们齐刷刷地走过来又走过去时，就有一种失落，看着一身军装，心里特别扭特委屈，他想：从民到兵，这一步该有多远？失落的是永远找不回来的，看着阅兵台，三水真想大吼一声：我也是一个兵！

分配了。连长告诉三水，准备推荐到后勤部政治处当文书。三水从连长的口气中猜出后勤部政治处肯定是个好单位，一般的兵是很难进去的。连长还半开玩笑似的和三水说："淼，进了机关，可别忘了老连长，在首长面前多……"三水听着听着有点儿后怕，说："连长，我不想去大机关了，我怕干不好，还是你带我走吧，让我在你手下干……"

连长火了："三水，上次让你去学无线电你不去，这次把你分到青岛的好单位，让你发挥自己的长处，你又不干，你……你真他妈的没出息!"说着,转身走了。三水站在连长房间里,傻乎乎地想了半天才出来。

后来,三水还是进了机关。这让在同一床板上睡觉的战友嫉妒得不得了:"三水,你小子真行,有路子!"三水听后,百思不得其解,"我是自己干出来的呀?我连一支烟也没给连长指导员抽啊?"……告别新兵连时,三水给连长指导员做了个标准的军礼。三水确确实实地感到:新兵连的结束才正是军旅生活的开始……

后来……

再后来,一晃眼,四年过去了,三水已坐在军校窗明几净的教室里想着四年前的新兵连,想着自己的新兵故事。军旅之初的这段生活有紧张有严肃有艰难有委屈有忧伤有孤寂有泪水,但更多的是轻松是活泼是喜悦是单纯是真诚是坚定是微笑是歌声是自豪是执著是庄重是火热是可爱。四年了,三水永远不会忘记四年前的 12 月 13 日,故乡下着小雨,三水是含着泪,踩着故乡那下一点小雨就泥泞的黄泥巴小路,一步三回头地告别勤劳善良的父老乡亲的……想着想着,三水就不知不觉地在桌上的稿纸上写下了这四个字——

新兵万岁!

"过来人"

　　我认识秋的时候，他睡在我的下铺。第一句话就问我："搞对象了没有？"我支支吾吾地说："没，没有……"心中顿觉秋这人很怪，跟他的名字一样。不过，我蛮喜欢秋这个字，也就喜欢秋了。

　　他说："没搞对象真好，我真羡慕你，你可知道一个人一生只恋爱一次，是幸福的！"

　　"你是希望我只谈一次恋爱？"

　　"对！"秋诡秘而又富有经验地拍着我的肩膀说："小伙子，你还年轻！"

　　"我还年轻？今年是我的本命年！"我是 1971 年生的，24 岁。那是公元 1995 年。而秋正好与我同龄。

　　"我是说你的爱情。不知你信不信，爱情的年龄其实能代表一个生命的年龄。你看我，小小年纪，心已苍老，万事皆空了。咱们'过来人'了！"

　　"你是'过来人'？"

　　"是的。"秋的表情很平静，又有种安详，"我是'过来人'。你知道什么是'过来人'吗？"

　　那是秋的初恋。

　　秋说很难搞清楚爱是从什么时候开始萌生的。等秋发现的时候，相思树已经长得有我们集合时坐的小马扎那么高了，秋用手比了比。

那女孩其实并不怎么漂亮，但很出色。用那几年的话讲是一种气质或魅力的东西。他们是初中同学。秋是班长，她是学习委员。老师的表扬和赞誉一直跟随着他和她初中毕业。后来上了高中，就分了班，说话的机会也少了。但秋却一直默默地关注着她。有一次期末考试，他俩的总分并列第一。秋看到他俩的名字被并列写在学校宣传栏的一张纸上，心里暗暗地为这小小的巧合而欣喜若狂。秋说，我是很唯心主义的，我觉得生命就是这样的一种缘。

那是20世纪80年代，乡下中学的男女同学仍是彼此不敢说话。一旦某个男生与女生交往过多，同学们都会以一种异样的眼光来审视，然后就是风一样的传播议论，等到班主任知道了，就会在课堂上旁敲侧击含沙射影说你冒天下之大不韪，并会列举许多许多或近或远或有或无的例子大肆鼓吹早恋的恶果，然后就是暗地里找你谈心通知你的家长，这样慢慢地你就成了众矢之的，让你羞愧难当抬不起头来，一夜之间你就臭名远扬成了坏学生。

即便如此，秋还是不可救药地喜欢上了那个女孩。总是隔三差五地跑到她班上找其他男孩聊天，目的却是去看上那女孩一两眼，然后忍受一大堆废话，才能从同学那里得来一点有关那女孩的消息。周末回家时也总是故意绕道走在她的身后，若是她偶尔回头，碰巧秋看她，四目相对，秋就觉得咋有一束阳光照进了自己老是阴暗的心田。秋说，他至今仍忘不了在学校食堂排队买饭时他帮她在拥挤的人群中买到两个馒头时她满怀感激一脸璀璨的微笑。以后秋每次见到她，心中就紧张得要命，真想着急地告诉她，害怕万一自己去晚了，她将来嫁给了别的男孩。可有了这种念头秋又感到羞耻，秋怀疑自己是不是真的变坏了？那时电视里正放《中学生梦幻曲》，学校里上上下下一片"狼来了"的叫声。

秋害怕极了，下决心要砍掉那棵心中的相思树。可砍来砍去，秋越来越觉得自己像月亮里那个砍桂花树的吴刚，无论怎么砍也砍不断那树，反而越砍那树越是疯长了起来，长得越来越茂盛。秋说，那时他是真怕被别人发觉，那感觉好像是在偷别人的东西。秋怕耽误了学业，怕辜负了父母老师的期望。秋说，那时我心中有一团火，我不停地警告自己千万别让它烧出来，可我又实在希望它永不熄灭。秋俯下身子任那相思树生长顶痛他的躯体和灵魂。秋说，我曾发誓忘了那女孩。也就是从那个时候起，秋开始写诗写日记的。秋说，每个人在心灵上都是一个诗人，尤其在他的中学时代，而日记却是生命的疤痕。秋对我说这话时，秋已经两年多不写诗不写日记了。现在的秋和我一样，搞新闻。尽管新闻与诗与日记没有矛盾，但秋还是不愿去写。

秋发誓忘了那女孩。秋开始拼命读书。因为秋要跳出农门拿到进大学之门的钥匙。一年后，秋进了北方的一所大学，而那女孩却考入了一所军校。进大学之门的那天，秋回头看看，发现那棵相思树早已穿透了他的身心伸展开来。

秋决定只要再见上一面就向那女孩发起进攻。秋说，我是大学生了，可以谈恋爱了。那年寒假，在回母校给老师拜年时，秋终于有了这样一次机会。秋看到朝思暮想的女孩一身戎装，英姿飒爽。秋心里触电般地热了一下。秋走上去鼓起勇气决定摊牌。秋一抬头，那女孩正冲他笑，那双好看的大眼睛在军帽下忽闪忽闪，水汪汪的。许多话一下子涌到秋的喉咙，秋却不知说什么才好。最后才冒出一句不痛不痒的问候："新年快乐！"她也说："新年快乐！"秋说："你这身军装真漂亮！"女孩笑笑没说什么……还有许多话仍停在秋的喉咙里，秋不知再拣哪一句说好……秋突然觉得他们之间并没有什么共同的话题。

我说，秋，你他妈的真不会说话，讨女孩子的欢心怎能说女孩子的衣服漂亮，亏你还是"过来人"呢！秋说，那时我还不是"过来人"。

那天下午开始下雪。秋想象过千万次的邂逅居然就这样匆匆这样简单又这么意外。走在雪中，秋才发现许多东西就像这雪花一样，只能在空中慢慢地欣赏它的美丽，等你手捧住它得到它的时候也正是你失去它的时候。

雪下了一夜。秋不曾和那女孩有过更多的对话，更从未走近过她。秋只是隔着窗子在望。雪仍纷纷扬扬。

秋说，许多事，走近了，才知道很遥远。秋说他的相思树就因这遥远而在幻想中长大。秋说每一个幻想都只是愿望的满足，而幻想的动力都是未被满足的愿望。

我说，秋，你是一直喜欢默默地注视她渴望默默地被她注视，喜欢深深地爱着她渴望深深地被她爱着。

秋说，我始终也没敢去问她知不知道我曾深深地喜欢过她。

雪停了。寒假结束了。秋却再也没有踏上北上的列车。

秋不上大学了。

秋要当兵！

秋要当兵。不可思议！含辛茹苦的父母骂秋是在作孽，祖宗八代的泥腿子好不容易盼出个大学生竟上了半年不上了。父亲骂骂咧咧说人家花了多少多少钱、复读多少多少年考大学，我养你这么大容易吗？你说不念就不念了，老子就等于没养你这个儿子！你给我滚！母亲絮絮叨叨说："秋儿，古话讲'好铁不打钉，好男不当兵'，是哪辈子我们造了孽呀，是那门子鬼迷了你的心呀？你不念了我这老婆子的脸往哪儿搁呀？"……那年春天，秋真的当兵了。

我说，秋，你为什么当兵？仅仅是因为你那不曾牵手的爱情？

秋没说话。秋的表情酷像戴望舒的《雨巷》。

秋进了军营。

秋是大学生又会写诗，自然成了难得的人才。新兵连结束，秋就被宣传科要去了。

秋到宣传科就开始搞新闻报道。张干事说，"秋，好好干，将来考新闻系去。"秋说，"张干事，我不行，叫我写几句诗还行，可我不是搞新闻的料。秋说我坐在屋里什么都想什么都不想可就是想不出点子来。"张干事说，"秋，慢慢来，好好学。"

慢慢地，秋开始发稿。秋看看自己的"豆腐块""萝卜条""火柴盒"总有些不是滋味。秋就问张干事。张干事说一开始都那样。

一天，张干事叫秋陪他去门诊部看病。秋问张干事，"怎么了？"张干事说，"没事。"秋说："没事看什么病？"张干事说，"有点老毛病。"

门诊部和机关在一个院子里，但中间隔着一堵墙，穿过一个花瓶形的拱门再向左拐 100 米就到了。秋跟着张干事进了门诊大楼，上二楼外科。张干事和一个年轻的医生嘀咕了两句就开了张 B 超声波检查报告单。年轻医生边填边对张干事说："哟，今天还带了个灯泡。"张干事回头瞅了一眼秋，用手拧了一下那医生的耳朵，轻轻地骂了一句："别他妈扯淡！"秋就跟着张干事走向 B 超室。秋心里却在琢磨那医生的话："张干事没带灯泡呀？什么是灯炮？灯泡是什么？难道我是灯泡？"秋说，"那时我是新兵，什么都不懂。"

B 超室里很暗。秋从来没见过 B 超。秋看着张干事熟练地躺在床上。检查的是一位女护士。那女护士好像和张干事也挺熟。她用那圆滚刷子在张干事身上左右滚了几下，开玩笑似的说："张干事你总是没病找病，年纪轻轻的是不是怕死呀，还当兵呢！"张干事只是呵呵地笑。一会儿张干事好像忘记了什么似的，说："梅，我给你介绍一下。这是我们科新来的战士秋……"张干事啰里巴唆地把秋放弃上大学来当兵而且会写诗得过什么奖之类统统地讲给梅护士听。秋站在一旁，听着张干事的牛皮吹得越响心里就越慌脸就越烫头也就越沉。

梅护士听得出神就问秋为什么不读大学来当兵？秋摇摇头说不知道。又说，不，为了考军校考新闻系。梅护士说，秋，你是个怪人，像你的名字一样，挺怪的。张干事也随声附和说秋是怪怪的。秋只是笑笑，那样子是坐也不是站也不是。

检查结束，秋先出了门。张干事随后走。走了几步，秋发现帽子丢在屋里了，又回去取。恰好梅护士正弯腰从屋子沙发里拿秋的帽子。秋这才认真地瞄了一眼梅护士：瓜子脸，丹凤眼，挺挺的鼻梁，一头披肩秀发，丰满的胸部，欣长的身材。秋眼睛一亮，倏然想起了徐志摩的诗——

　　　　最是那一低头的温柔
　　　　像一朵水莲花不胜凉风的娇羞

秋怔住了。梅护士说："秋，你帽子忘带了。"秋说："沙扬娜拉!"梅护士说："秋，你说什么?"秋不知怎么冒出这么一句话，"没，没什么。谢，谢谢!"梅护士倚着门望着秋的背影感到莫名其妙，自己也不可捉摸地摇摇头，暗暗地想笑……

回到宿舍，张干事说，"秋，你把这张电影票递给梅护士。"

下午，秋就把票送去了。梅护士说，"秋，我这还有好多呢，都是张干事以前送给我的。"秋说，"梅护士你怎么不去看?"梅护士说，"不想去呗。"秋不好再问什么。

一天，张干事接到梅护士的电话。梅护士说星期天请他和秋去赶海。张干事高兴得手舞足蹈。说，"秋，陪我去吧?"秋说，"怕不合适。"张干事说，"梅说一定要你去，你不去她就不去。"秋说，"好吧，就为你再当一次'灯泡'吧，不过这是最后一次。"

秋知道什么是"灯泡"了。

秋陪张干事去了。

一见面，梅护士就说，"秋，我写了一首诗，你给我改改。"秋说，"我不行，梅护士你还是让张干事看看吧。"梅护士说，"张干事? 他不懂。"张干事也说，"是，是，我不懂。秋，还是你给梅改一改吧。"秋说，"我觉得诗是不能改的，这不像写新闻。诗是心灵里淌出来的血! 诗是不能下定义的，像代数上的集合一样，是个不定义概念。"梅护士说，"秋，你这是谁的观点?"秋说，"我的。"梅护士很惊讶。

梅护士说，"秋你写小说吧?"秋说，"没写过。"

梅护士说，"我前几天看了海明威的《老人与海》，全文就26531个字，精彩极了。据说是海明威当记者时采访到的一个老渔民的故事，一开始写了几十万字，后来全删了，就留下了这些。海明威说他是把狗扔掉了，只留下了尾巴。秋，你说这人怪不怪? 看样子，文章还是改出来的。"秋说，"或许是吧。"

张干事插话说，"海明威也搞过新闻? 怎么样，梅，我们搞新闻的前途挺光明吧?"梅护士说，"这就看什么人了，我看你怎么写的都是表扬稿。"秋说，"张干事文笔很美的，是咱们军优秀新闻干事，他还为你写了不少诗呢？"梅护士说，"他会写诗？"梅护士又转过脸对张干事说，"你会写诗？为我写诗？我怎么没发现？"

不久的一天，当秋拿着当天的晚报站到梅护士的门口时，梅护士有些吃惊，惊中又有喜，说，"秋，快进来坐快进来坐，什么风把你吹来了，请你那么多次都不来，这次怎么有空过来看看你大姐？是不是哪儿不舒服？快进来，别站在门口。"

秋说，"梅护士，我不进去了，张干事叫我送张报纸给你，他为你写的诗发了。"梅护士漫不经心地接过报纸，说，"秋，你别跟我开玩笑。"秋说，"不是开玩笑，不信你看看，就是这首《梅，无雪而开》。"梅护士一看果然是张干事的名字，顿了一下，突然说，"秋，这是你写的！"

秋吃了一惊，有些慌。说，"梅护士，你，你别开玩笑。"

梅护士说，"谁跟你开玩笑？！"

秋看梅护士有点火，说，"不，真的不，不是，梅护士……"转身走了。

梅护士对着秋的背影说："我不是梅护士，我是梅！"

此后，秋再也不写诗了。

周末。张干事和秋正在加班写稿。电话响了。秋拿起电话一听是梅护士的声音就递给了张干事。张干事亲热地叫了一声"梅"。没说几句，电话就突然挂了。秋问出什么事了没有？张干事没说话，随手掏出一支烟，不一会房子里就烟雾弥漫。张干事说，"秋，我真他妈的弄不透，这人真是个怪东西，她爱我的我不爱，我爱她的她不爱。"

秋没说话。秋没说话的当儿，电话又响了。张干事急忙抓起话筒。电话又是梅护士打来的。梅护士问秋在不在，要秋接电话。秋叫张干事说秋不在。张干事说，"秋，你还是接吧，她知道你在。"

秋接过电话，扣了。

张干事叹了口气说，"秋，真遗憾，可惜你是个战士。"

秋说，"张干事你可别瞎说，我看梅护士对你挺好的。"

张干事说，"好了，秋，别安慰我了。还是广告说得好，不求天长地久，只求曾经拥有。我真心真意地爱过一次，也就是无憾的人生。张干事说这是汪国真的诗吧？为了梅，我才读了许多。"

秋看张干事这模样，不知该怎么办才好，秋怀疑自己是不是成了不光彩的"第三者"了。可秋坚信自己绝对没有插足张干事的事。可张干事怎么想呢？

秋正想着。门突然开了。梅护士站在门口，红色的 T 恤衫扎在石磨蓝牛仔裤里，显得越发的苗条和青春。梅护士极温柔地喊了一声，"秋，你出来一下。"

秋把眼光收回移到张干事的脸上，期待着从那里得到一种答案或允可，如果张干事摇头，他决不会越"雷池"一步，决不。

张干事点了点头。

……秋的头垂下了，忐忑不安地走向门，走向梅护士……

"有事吗？"

"没事，出去走走吧？"

"对不起，你看我们正忙呢！"

梅护士有点不高兴，声音提高了点。"忙，忙得连接电话的时间都没有？"

"不，不是……"

"不，那你为什么不接电话？！为什么？！你说呀？！……"

秋低着头，闷得像一头驴子，彼此之间只有空气和呼吸。呆呆地，傻傻地，不敢看梅那张因激动而抽搐的脸，那是张好看的脸，秋知道，但秋不敢想，只能低头听，像新兵连时他因在夜里替一个战士站了一班岗而被连长没头没脑地训斥了一番，自己心里却仍觉得自己本没有错那样屏着呼吸地听。

梅护士看秋那蔫不拉叽的样子，突然大声地说了一句："木头！"说完一转身扭头跑了……

好一会儿，秋才走进屋里。可秋心里却越来越觉得对不起张干事，越来越觉得没法跟张干事解释。

"张干事，我，我该怎么对你说呢？……"秋觉得十分地委屈。

秋说："张干事，我不该来宣传科，你还是把我调走吧？"

张干事说："秋，不要说了，我知道，谁都没有错。"

秋说，"怎么办？"

张干事没作声。过了许久，张干事对秋说："秋，你不是要考新闻系嘛？招生报名工作快开始了，我已在军里打了招呼，你好好复习吧！

秋点点头，"嗯，谢谢张干事。"

星期天，秋去门诊部给科长拿感冒药。在一楼值班的正是梅护士。秋心里格噔一下，真是冤家路窄。秋转身要走。

梅护士说，"秋，站住。"

秋说，"梅护士，有什么事吗？"

梅护士说，"秋，对不起，我不该骂你，晚上，我请你看场电影吧？"

秋说，"不行，晚上我有篇稿子要写呢。"

梅护士说，"那报道明天写不好？整天写那玩意儿有啥出息，不痛不痒的，发表了也只有你们自己看！"

秋说，"不，这是我的责任！"

梅护士突然拉住秋的手说，"秋，我还从未主动请过男子看电影呢，你不答应？"

秋说，"不，不是我，我，我是……"

梅说，"你说呀，是，是什么？是我不好对吧？"

"不。……好。"

"不好看，是吧？"

"好看。"

"好看，就叫我一声梅。"

"梅。"

"秋，吻吻梅吧？"

"梅，不，不要这样，我还是个战士！"

梅说，"好，战士，秋，你是个好战士，你是好战士你到门诊部来拿什么药？你没有病，你走，你走！我整天待在医院里，我有病！

……梅的样子很痛苦。"

秋没拿药，回去了。

一个月后，秋进了高考文化补习班。文化补习班设在后勤部的一个弹药仓库，弹药仓库在城市郊区一个名叫白沟的乡村。一闻到乡村的气息，秋就想起了家想起了父母双亲，秋就想起自己一定要考上军校，一定要圆父母的大学梦。

补习班快结束时，秋接到张干事的电话。电话是从军部打来的。张干事告诉秋，他被调到军宣传处了。秋听到张干事调到了军里，高兴极了，说，"张干事，别忘了我。"张干事说，"怎么会呢，好好复习，新闻系等着你呢!"电话挂了，秋不知怎么的，有一种失落感。

八月的一天，秋终于拿到了新闻系的录取通知书，同时也收到一封信。信中只有一首小诗和一张电影票。无疑，是梅寄来的。秋把那首小诗背给我听——

我
看你时轻轻地笑
看天上的云偷偷地哭
我
对你笑是假的
对云哭是真的

秋说，"对梅我能说什么呢?"

离开部队上学报到的那天，秋坐在车上，经过门诊部大楼门口时，梅正站在二楼的阳台上，一身的大褂在微风里飘动，双手扶在阳台的栏杆上，静静地，默默地，深深地，一股淡淡的丝丝缕缕的如烟如雾朦朦胧胧的拿不起又放不下的情绪袅袅地在秋心里升起升起……秋微笑着沉重地向梅挥手。

梅没挥手。梅真的没有向秋挥手。

秋说，"告别就这么简单。"

秋说，"我真实的一面是疯狂和孤独，我面具的一面除了微笑还是微笑。只能如此，只有如此。道一声珍重，道一声珍重，那一声珍重里有甜蜜的忧愁……"

秋说，"梅是个好女孩，对她我有一种特别的感觉，那感觉在恋爱和初恋之间就像是恋爱的一本书，被翻开了，还没读，没读，却有了读的感觉，读的心情。我真该吻她，可我没吻。

"没吻。"秋的表情有些懊悔。

"连女人都没吻过，还是'过来人'呢！"我说秋。

可秋一直坚持自己是"过来人"。在爱情上秋总是摆出老成的姿态，给我们指点江山。其实他的情况也就这么个情况。秋说，"如今地方大学校园爱情风景线上只有四个字'不谈婚姻'。"秋说他们是沉浸在爱情里不懂爱情。而我们军校生爱情风景线才真正是一条线，只不过那是一条"高压线"，我们只能偶尔在那条线下面散散步罢了，是千万摸不得的，这和我们中学时代的早恋差不多，你一"触电"你就会被烧焦被烧糊，然后就会像我们食堂夏天的剩菜一样，一夜之间就会臭不可闻。

秋说，"不过这样也好，我们能安心地读书，安心地当兵。"最后，秋又补充一句，"30岁以前我不再谈爱情。"

我说，"秋，你是在逃避爱情。因为爱情并不全代表着幸福，有时甚至会给你带来巨大的痛苦，而你正是因为害怕痛苦，不愿让自己的灵魂因此承受沉重真实的负担，所以你逃避或者说你是在拒绝爱情。"

秋很无奈地点点头，对我说，"我们是在用孤独和无奈这样的劣质装备打赢一场爱情的高科技战争。我是'过来人'，所以我有资格说你真的还年轻，所以我好羡慕你，所以我说年轻真好！所以我说一个人一生只恋爱一次是幸福的！懂吗？"

"是吗？秋，可不幸的是，我刚刚比一次多了一次！"我学着老外无奈地对秋耸耸肩膀，然后摊开双手，说："我也是个'过来人'！"

"你也是'过来人'？"秋有点被欺骗的感觉。"你是'过来人'?"秋不相信似的摇摇头，重复了一句。

"真的。我真的是个'过来人'，真的!"

其实，那时候，我们都不是"过来人"。

因为我们年轻。

"年轻真好!"现在想想。

鱼

又死了一条。

"这不是我的错!"

海子流泪的那天，正是班长病重离开小岛的那天傍晚。也就是在那个傍晚，海子和班长养的鱼又死了一条。海子把死鱼从玻璃瓶里捞出来。鱼儿确实很小，斜斜地躺在海子的掌心。银白色的躯体恰好掩盖了海子掌纹上的"事业线"。"生命线"和"爱情线"分列两旁，纹路很深。海子看着自己的手掌有些发呆。海子懂得一点手相，但海子不迷信这东西。但让海子感到奇怪的是这掌纹还真是个怪东西。不信你伸开手掌瞧瞧，手掌上都有三条很清晰突出的掌纹。海子也不知是什么时候就知道这三条掌纹，从手腕向手指方向依次叫"生命线""事业线"和"爱情线"。而"生命线"和"事业线"的一端又紧紧联系在一起，伸开手掌就是一个"人"字。海子喜欢琢磨这东西，虽然他并不相信宿命论，但他很想从这里发掘出一点什么秘密或者哲学出来。他把"生命线"和"事业线"比作两座雄伟的高山，峻峭独秀而又连成一脉，"爱情线"则像一条小河，弯弯、悠悠地从山脚下潺潺流过。海子这么比喻着，却让他想起一首诗——

生命诚可贵，爱情价更高。
若为自由故，两者皆可抛。

海子想，这诗中的"自由"大概就是"事业线"了吧？海子想了这么多无缘无故的东西，再看自己的左手，死鱼躺在自己的"事业线"上。海子有点惊讶：难道我的生命和爱情就是在守护着这一条鱼吗？海子越琢磨越觉得自己的手掌神秘莫测。这难道是某种预兆？

海子走出屋子，站在沙滩上。大片大片的云霞正从遥远的天际飘来，海空一片通红。海风轻拂，鸥鸟在海面上盘旋，不时地发出几声欢快的叫声。空气也显得格外的宁静。海子捧着死鱼，面对红红的夕阳，一切都静谧地沐浴在夕阳的余晖里。云霞是红的，海水是红的，鸥鸟是红的，沙滩是红的，死鱼也变红了，像海子屋子里那盏昏黄、孤零零的白炽灯泡泻下的光。海子选择向西的一块沙滩，静静地跪下右腿，用右手发疯似的刨出一个大坑，接着从口袋里掏出一块红绸方巾，轻轻地铺在坑里。海子把死鱼放在红绸方巾上面，头向西，尾向东。西边是日落的地方，是家的方向，海子这么想。

这红绸方巾还是海子当兵离家时，武装部长亲自为他戴在胸前的光荣花。据说这"花"是海子家乡镇上小学里那个心灵手巧的女老师亲手折的呢！那女老师是镇上最漂亮的女人，可至今仍没结婚，把镇上的小青年们急得团团转。可你急她不急，几个大小伙子没有一个攻下这个"堡垒"。里面的故事海子在家时就听说了不少。后来一些小道消息透露，那女老师爱上了一个当兵的。那当兵的和海子现在一样守在东海的一个小岛上。后来那当兵的因为救另一个当兵的就把生命留在了小岛。这次海子要去当水兵的消息不知怎么传到了女老师的耳朵里，跑到武装部主动要为海子折一个大红花。直到现在这都还是一个谜，海子带着这个谜就来当兵了。

死鱼在红绸方巾上静静地躺着，在夕阳下，海风轻轻地吹，死鱼突然动了一下。海子眼睛一亮，死鱼又不动了。死鱼真的是死了。银白色的肚皮鼓鼓的，在夕阳下不再发出刺眼的光芒，眼睛睁得大大的，仿佛还有许多话要说，模样怪吓人。海子越发觉得难过，心里更多了许多歉疚，总觉得那死鱼的眼神中充满着怒意，是在埋怨他夺走了它宝贵的生命。海子矛盾极了，在心里千百次地为自己辩护："这不是我的错，不是我的错，我给了你最舒适最安逸的环境啊！你不该死的，这不是我的错！"

海子哭了。

海子哭得发疯哭得泪流满面哭得给死鱼举行了葬礼。

海子用沙把死鱼掩埋好，又从岛上找来一块石头，压在坟上，海子觉得应该为死鱼立上一块碑，他随手掏出那把小刀在"碑"上刻下了碑文。碑文就是一个字：游。

海子不知道自己怎么想出要刻上这一个字。游和鱼是什么关系，大概人们都知道，这和行走和人的关系差不多，但人们不一定都懂，海子想。

等海子站起身来，抬头看夕阳时，太阳只剩下半个脑袋露在海面上，稀稀拉拉的几只鸥鸟在海面上低徊，飞翔的剪影煞是漂亮，却又让人感到一种漂泊的孤独。海子看着夕阳落海，突然有一种冲动，他突然感到夕阳是何等的悲壮，生命就是这悲壮中的辉煌。这让海子想起那句"夕阳无限好，只是近黄昏"的古诗。这古诗太悲观了。生命是如此的美丽，海子觉得古人糟踏了黄昏。海子觉得应该把这古诗改一下，才能写出黄昏的美。海子好像突然来了灵感，他站在左脚踩着右脚右脚踩着左脚把解放鞋脱了，他要用赤脚丫子在沙滩上写诗。他写一个字就向右边走一步，向右走一步就写下一个字。他一共走了九步，写下了十个字：

　　夕阳无限好　只因近黄昏

海子对自己改"是"为"因"赞赏不已，他没想到自己还有这份天才。海子写完这句诗，顿觉自己轻松了许多。他转身向后走了几步，又向右转走到"好"字和"只"字之间对应的位置，然后又向右转，面对自己写下的十个汉字，海子轻轻地默读了一遍，感觉到自己的心胸忽然和海一样宽阔了，忽然他觉得十个字就象十个兵，齐刷刷地站在了他的面前，接受他的检阅了……

良久，海子才离开那沙滩，转身向自己的小屋走去。在路上，海子想，他的诗，海一定读得懂。屋子里的灯依然亮着。海子推开门，咸腥的海风一涌而进，吊在房顶的灯泡随风荡起了秋千。海子一头栽到床上，疲惫极了。海子微微睁开眼睛，用手在脸上抹了一把，才发觉自己还在流泪。他伸手从枕头下拿出那面小镜子照了照。海子觉得自己憔悴了许多，看着看着，海子不想看了，他觉得自己在这大海在这小岛面前是那么的渺小、脆弱和孤独。一位伟人不是说"人定胜天"么？海子有点怀疑他崇拜的那位伟人的话了。海子不想再从镜子中看到自己了，海子干脆把镜子扔到了对面的墙上。"啪"的一声脆响，镜子碎了。海子躺在床上不想动，海子知道他再也没有镜子照了。海子想到自己再也看不到自己的脸，海子又流泪了。

海子想班长了。

海子怀疑班长胃上生了要命的病。

班长是个顶天立地的小伙子，壮乎乎黑实实。但还是经不得病魔的折腾，捂着肚子直叫唤。海子知道班长实在是坚持不住了。看着班长痛苦的模样，海子也越来越觉得这小岛不养人，喝口凉水都涩牙。早晨，海子见班长早早就起床了，也不敢怠慢，匆匆地下了床。说："班长，今天早上我来做饭。"其实饭是很好做的，就是用开水煮袋方便面。今天海子还特意打了两个鸡蛋放在班长的碗里。可这顿饭，班长没有吃，他说："海子，不吃了，俺这肚子里像长了两把刀，在里面搅乎得了不得，还是你自己吃吧。"

傍晚，班长走了。这鸡蛋面还放在桌上，面条已冷得凝成一个块。两个鸡蛋放在面条上面，圆鼓鼓的光滑，海子怎么看怎么都觉得像那条死鱼睁着的大大的眼睛，在看着他。班长叫平娃，河南人，当兵五年了，在这小岛上就待了三年。海子刚来那阵子，是很瞧不起班长的。班长不爱说话，给人的感觉是憨头憨脑土不拉叽的一个人。海子觉得平娃这人老实巴交的去看大门最合适。海子是在机关政治处干了一段时间才被分到这小岛上来的。不是因为军务部门清查机关超占兵员，海子是不会分到小岛上来的。因为海子能写点东西，政治处王主任很器重他。可上面有规定超编士兵必须下基层。王主任问海子有没有什么要求，海子不好意思开口，只说了一句：服从组织安排。但他万万没想到被分配到这么一个孤岛上来，他想凭着这支笔杆子去连队干个文书之类的还是呱呱叫的。服从命令是天职。临行前，王主任握着海子的手说："这是军务股安排的。"海子当然没办法，笑嘻嘻地"谢谢"王主任。可海子心中却窝了一肚子火，和王主任握手时，真想握成一只拳头，砸他一拳。

班长痛得在床上直打滚，手按着肚子嗷嗷地叫"娘"。班长没有了班长的风度。海子慌了。"怎么办?"他问班长。班长说："没事，没事。"海子看着班长是咬着牙齿说出这句话的。可过了半天，"没事"的班长还是没好。海子急了。"怎么办?"海子又问班长，班长没说话。

海子吓坏了，活了十八九年，还没碰到这种事，要是班长有个三长两短，岛上就他俩，出了事，他跳到黄河也洗不清。因为连里知道他和班长曾经闹过矛盾。他还动手揍了班长一拳。

那是刚上岛不久的事。海子不适应，想家，想得不得了，简直想疯了。夜里就偷偷地跑出了屋子，在沙滩上盲无目的地大哭大骂，骂些自己不知道为什么要骂、骂些自己也听不懂的话。涛声拍打着岛礁，发出一种低沉的如鸟兽般的嘶鸣。夜，静悄悄的，没有星星没有月亮。班长半夜醒来发现海子不在了，就穿着黄军裤衩跑了出来，到处喊到处叫海子的名字。当班长发现海子竟一动不动地坐在礁石上抽泣，他气急败坏地跑过去，一把封住了海子的领口，"海子! 你他妈的给俺回去!"海子想家想到伤心处，听到班长骂他"他妈的"。火上浇油。海子一下子站起来，挥上去就是一拳，砸在班长的鼻梁上。班长被海子突如其来的一拳打了个仰八叉。班长双手往脸上一抹站起身来，睁着双眼看着海子。海子见班长没什么动静，自己也呆了，心想这下可闯下大祸了。班长什么话也没说，拉着海子的手就往回走。海子像个泄了气的皮球像个做错了事的孩子被班长拉进了屋。一进屋，班长就把门给拴上了，什么话也没说就睡了。

海子站在屋中央，愣着不敢出声，两手紧紧地捏成了拳头，却感到手上黏乎乎的，伸开一看，是殷红殷红的血。海子这才后悔自己的一拳打得太重了。谁知第三天连长恰好来岛上检查工作，发现班长脸上发青。连长问班长怎么搞的。班长说晚上出门撒尿一不小心绊上石头摔了个狗嘴屎。连长听班长一说哈哈地笑了起来对班长说"下次小心点。"站在一旁的海子听班长自圆其说，觉得实在对不住班长。男子汉敢作敢当才是大丈夫。海子窝在心里的话不说像尿胀了一样实在憋得难受。连长离岛时，海子追上了连长，说连长我有话对你说。连长看着海子神秘兮兮又可怜兮兮的样子，说海子你有话就快点说，别腻腻妈妈地像个女人。海子话没出口，泪就先流到嘴角上了，说"连长，我对不起你，对不起班长。班长脸发青是我打上去的。"海子说："连长你处分我吧！你打我、骂我吧！"海子说着说着就哇哇大哭起来。连长有点莫名其妙。班长扶着海子的肩膀说："连长，你要是处分海子，俺就不干了！"

连长点点头，走了。

班长痛得厉害。海子懂得这事的严重性。在机关待过他知道出了人命是大事故，出了事故单位年终总结就不好写了，评功评奖时更没份儿，连长从前获得的荣誉都会抹上黑框框。班长在床上突然不打滚了，额上汗水珠子直冒，头发被汗浸得油亮油亮的，脸色腊黄，班长痛得昏了过去。海子见班长不动弹了，慌乱中突然想起母亲曾告诉过他可以用指头掐人中穴让人苏醒过来。海子没掐过，但还是学着去掐了。海子的拇指甲深深地陷进了班长的人中。渐渐地渐渐地班长真的醒过来了。海子高兴得直想流泪，问班长好了点没有？班长说："谢谢你，海子，你救了俺，……"班长又昏了过去。海子喊班长拼命地摇着班长的肩膀，班长这次真的昏死过去了。海子看着自己在班长人中上留下的指甲印，深深地嵌在班长鼻子和嘴巴之间，好像一条天堑将班长的鼻子和嘴巴隔开。海子听母亲讲过只有"火焰高"的人掐人中才能把死人从阴间夺回来。那时海子还小，听不懂母亲讲"火焰高"是什么意思，后来长大了才知道那是一种迷信的说法，是讲命大连鬼阎王都怕的人。海子见自己掐了几次都救不醒班长，就觉得自己的"火焰"肯定低，想着想着海子就有点后怕了。

海子有点害怕就在屋子里东张张西望望，海子这才看到屋里还有部电话。海子急忙忙地拿起了小岛上唯一和陆地联系的纽带，好像溺水的人抓到了一块救命的木板。海子狠狠地摇响了电话机，终于要通了连里的电话。海子叫连长赶快派人来把班长接回去。

连长说："海子，你一定要坚持住，我马上去接你班长。"

傍晚前，连长乘快艇赶来了。连长是个东北人，人高马大。一下快艇，就直奔小屋跑来，急匆匆地推开门，连长就晃晃悠悠地把班长抱上了快艇。快艇的马达不一会儿就"突突"地响了。海子见连长一句话都没说就把班长抱走了，心里忽然就有些委屈和失落。海子正伤感着，连长从艇上跳下来，握着海子的手说："海子，辛苦你了。"

海子见连长说话了，眼睛蓦地有些湿润，成片的泪雾模糊了视线，连长壮实的身影也模模糊糊地散乱起来。海子感动得说不出话来，嘴唇有些哆嗦。连长握着海子的手，紧紧地上下晃了晃，说："海子，连队正在搞演习，人少任务重，你一个人先在岛上坚守一阵子，新兵快分下来了，到时你就当班长。"说完，连长开着快艇走了。快艇如惊恐的梅花鹿在海面上没命地向西狂奔而去，海子望着它渐渐地渐渐地消失在夕阳的余晖里，不知为啥，喉头开始发酸，哽咽得厉害。

当他一步一步地沉重地回到小屋，一头栽倒在床上，眼睛无意中掠过桌上那玻璃瓶时，才发现他和班长从海里抓来养着的小鱼又死去了一条。

"这不是我的错！"

海子有些发疯似的狂喊。班长走了，只有海子一个人，小屋格外显得空旷了。海子的喊声在小屋在岛上在海面上回荡着，在夕阳里回荡着……

太阳已落到海那边了。

这夜海子没吃饭。

没吃饭，海子早早地睡下了。

一倒下，海子就开始做梦了。

海子当上了班长。海子手下有了 10 个列兵。10 个列兵齐刷刷地一般高，精壮精壮的。列兵们穿着水兵服神气活现的。海子走进屋里，活蹦乱跳的列兵们齐刷刷成立正姿势不敢动弹，目光成 45 度角齐刷刷敬畏地望着海子。海子发话了："你们玩吧!"列兵们还是不敢动一下。海子声音提高了点："你们玩你们的去吧!"列兵们还像没有听懂似的看着他。海子想今天这是怎么了,列兵们怎么不听他的命令了。海子有点火了："怎么了,你们为什么不玩了!"列兵们偷偷地互相瞟了一眼,没人敢说话。海子想,我这班长怎么了,亏待你们啦!没有。海子想不出来为什么。站在这队伍前,不知道怎么指挥才好。海子没有当班长的经验,碰到这样的事不知怎么处理才好,班长又不在,可海子想班长要在自己就不是班长了。列兵们也不知海子的底细。海子有些急。"解散!"海子吼了一声。新兵们这下子才活动开了,一下子又玩自己的了。一个新兵跑到海子身边说:"班长,我尿都憋坏了,早就盼着你说这两个字了。"海子一听,乐了。这兵真他妈逗,没治了,怎么这么听话。海子真正体味到当班长的威风了,海子乐得哈哈大笑。

半夜,海子笑醒了。海子才发觉是自己尿憋得慌。朦胧中他下意识地去摸摸身边的一个人了。海子打了个冷颤,尿没了。海子拉开灯,一种前所未有的惆怅和失落像海水一样淹没了他的情绪,又苦又咸。

海子这才细心地想起班长来。

班长是个好人,更是个好兵。海子初来岛上的时候,胆很小,晚上都不敢下地撒尿,就硬憋着,实在憋不住了,海子就扬扬洒洒地撒在床上。第二天早上起床班长见海子迟迟都不起床就问海子是不是病了。海子说没病。班长说没病就起来。一起来,班长发现了秘密,扯下海子还冒着热气的床单,说:"海子咱俩睡一个铺吧,晚上你想撒尿就叫醒俺,俺陪你去撒,中不中?"从此,海子和班长就睡"双人床"了。熄了灯,班长就给海子讲自己的故事。海子才知道这小岛并不可怕。铁打的营盘流水的兵。许许多多的士兵就像他海子和班长一样,参军来了,又退伍走了。从头到尾,默默无闻。海子很奇怪,突然问班长:"班长,你说说,让我们守在这个小岛上有什么意思,肉丁大的地方,既不能种庄稼又没有宝藏,管啥子用?"

班长一听这话,楞了,盯着海子许久。迟缓地问:"海子,你小子是真的不懂还是发牢骚？你看看你穿的是谁的衣服，咱们是个兵！""我懂。什么不懂，上小学时就懂了。懂了又有啥子用？咱们还是苦，有什么意思，大兵一个。"

"有什么意思？是没什么意思。可这是祖国的领土！三年了，我只要想想我是站在祖国的大门口，我就觉得有意思了。你知道不？"班长伸手从自己的褥子下拿出一个也是用红绸方巾包得严严实实的笔记本。班长说这是他班长离开海岛时送给他的。班长说这本子传到他手上已经是第19茬了。班长翻开本子说凡在小岛上守卫过的兵都在这本子上留下了自己的姓名。班长指着扉页上的一段文字说那是第一个守岛上写下的，几十年过去了，那行楷依然苍劲有力。班长告诉海子这个人后来成了这个部队的司令员，现在已经是将军了。那段文字是法国民族英雄福熙元帅在第一次世界大战时，在泥泞的战壕里对战士说的一句话——

"你们的胸是平的，盛不住眼泪，但适合挂勋章。你们只可以流血！"

海子伸手摸了摸班长的褥子，发现那本子还静静地躺在那儿。海子把本子捧在手中，轻轻地抚摸着，仿佛还能感觉到班长的体温。海子把班长的本子抱在怀中，突然就有一股暖流像血液一样流遍全身。海子疲惫的身子也精神了许多。

我会坚强起来的，海子想。

天亮了。小岛的早晨总比家乡来得早。海子躺在床上不想动，但情绪比昨天好了许多。

海上的日出和日落都一样的美一样的壮观和辉煌。海子起床后在屋子里转了转，心里觉得舒畅了些。打开窗子，一束阳光斜斜地射了进来。天气真好！海子走出屋子，站在岛上最高的地方，看四周沧海茫茫，海水在阳光的斜射下，波光粼粼。海子突然有了一种感觉，那感觉如杜甫登泰山"会当凌绝顶，一览众山小"一样。海子想，在这没有高山的地方，我不也能俯瞰这个世界么？太阳正停在海平面的切点上。海子站在小岛上，忽然觉得太阳就在他的眼皮底下滚动。海子向后转，背对朝阳，他在想，没有看过大海的母亲是否知道她的儿子就在大海中央就在太阳升起的地方遥望着她思念着她呢？

一阵风来，荡胸生层云，转瞬间就是雾海四茫茫了。海子顿觉得自己特伟大特威风，想不到自己居然也主宰着一方水土。班长不是说了么，这是祖国的领土。是祖国的领土，这小岛就和巍巍昆仑一样的高大。一股自豪感油然而生。海子饶有兴致地用脚步去丈量这片国土，礁上礁下来来回回走了几圈，涨潮的海水浸湿了他的解放鞋，他也没有觉察到，他只觉得自由自在无拘无束地走在脚下这片属于自己的国土上，是那么的值得骄傲和快乐，谁能和他相比呢？除了班长，谁也不敢和他比，海子想。

走着走着，屋内的电话铃响了。

海子一听到电话铃，两步并一步冲进了屋，一把抓起话筒："喂，喂！我是海子，我是海子！"海子的声音有些颤抖，显然他很激动。

电话是连长打来的。连长在电话里说这电话太难打了，打了半天也没打通。海子在机关待过知道基层的电话不好打。总机上的女兵有些怪，最烦官腔官调命令式的电话了。海子知道连长的躁脾气难过这一关。连长说："海子你辛苦了，最多还坚持半个月，保证半个月，不过半个月，半个月，15 天很快就会过去的，你不要怕，你要是一个人感到寂寞就给我打电话，我有空还给你打电话……"

连长接下去还讲了许多，海子怎么听都怎么觉得电话里连长的声音怎么都像家乡稻谷场上一群冬天出窝觅食的麻雀，那声音叽叽喳喳的，离你那么近又那么远，赶也赶不走。海子有点耐不住了，但连长还在说，海子拿着话筒，眼睛却又盯到了桌上那个养鱼的玻璃瓶子，剩下的那条鱼，正自由自在地在瓶子中游来游去。鱼儿是否知道它昨天又失去了一位朋友呢？想到这，海子拿电话的手颤抖了一下。话筒里连长的声音还在叽叽喳喳地响。海子实在耐不住了，就插话道："连长，我班长……"

连长说："……你班长……"电话噪音太大，连长话说了半截，连长的声音就没了……忙音。

"喂，喂！喂——!!连长！连长!!!"海子拼命地叫唤，电话沉默着不说话。"他妈的，什么破电话！"海子有点怨恨了，急火火地拍打电话机，大声地喊。喊了半天，电话仍然不说话，静静地蹲在桌上不动。"啪！"海子狠狠地把电话扣了。海子觉得又累又失望，一头又倒在了床上。

一倒下去，海子又想起了班长。海子又开始惦念起班长的病情。

班长肯定病得不轻。

海子这么想着，眼光又落在玻璃瓶的鱼身上。那是海子来岛半个月的一天早晨。班长一时好奇心大发，带他去岛礁边抓鱼回来养。养鱼可以在这单调枯燥的生活中，增添些许情趣。或许这是班长为了打消海子想家的念头。海子从来就没见过海，更没在海里抓过鱼。当兵前海子在家时就喜欢在小河汊里抓泥鳅。因此海子一开始就对抓鱼产生了浓厚的兴趣，因为这是在海上。海，相对于小河汊，这是什么概念，海子想以后回家和小时的伙伴们聊天时就有了"吹牛"的资本。刚当兵第一次见到海时，海子和许多新兵一样，摸着自己光光的脑袋，对大海惊叹不已。一位新兵说："大海你真他妈的大！"海子也说真大！

班长和海子对鱼真是照顾周到，宠爱有加，除了每天换新鲜的海水、喂食之外，还从礁边采来几株海藻来，把鱼儿的"家"打扮得漂漂亮亮。每天的这个时候也是班长和海子最快乐最有意义的时候。海子和班长坐在桌子两边面对面的看鱼，意兴阑珊地盯着鱼儿们在狭小的玻璃瓶中游来游去，或上或下，鱼鳃一张一合，嘴一开一闭，时不时调皮地吐出几个小气泡。激动时海子和班长就将手指贴在玻璃瓶上，鱼儿便受惊似的迅速逃开，甚至避身到海藻间藏起来。这时候海子和班长就俯身将脸贴近玻璃瓶，睁大眼凝望着鱼儿。凝望出神时就让海子就想起中学时物理老师教过的折射定理：光在通过水、玻璃、空气这三种不同介质时，会发生程度不同的折射再进入人的眼睛，就会使人产生错觉。海子边想边实验。果然从各个角度听见到的鱼儿并不相同，甚至还会出现各种奇奇怪怪的视觉差。海子忽然难过起来：这些小鱼儿透过水和玻璃瓶所见到的世界，是不是也扭曲变形了呢？海子不知道这些小鱼儿生存在这狭小的空间里，是满足于安宁的生活，这是苦痛于这狭窄的世界？它们本该在大海中自由自在地游览海底世界的。海子想着想着，就问班长："鱼儿快乐吗？"

班长说他也不知道。但班长似乎突然有了庄子和惠子辩鱼乐与否的雅兴。说有一次庄子和惠子在河边上游玩。庄子见鱼儿自由自在地跳出水面游玩，就说："这是鱼儿最快乐的时候。"惠子就问道："您不是鱼，怎么知道鱼的快乐呢？"庄子回答说："您不是我，怎么会知道我不知道鱼的快乐呢？"惠子说："我不是您，当然不知道您，但您也不是鱼，自然也就不知道鱼的快乐了。"庄子回答说："您不是我，但您不是已经知道我知道鱼的快乐了吗？您还来问我干什么？"……班长一说完，海子和班长都笑了。可海子笑得有点迷迷糊糊。因为在这个已经在时光里走了几千年的故事中，海子似乎永远也找不到他所需要的答案。玻璃瓶中，有一条鱼不知为何与众不同，灰白透明的腹部，竟反常地发出五彩斑斓的光亮，显得特别惹眼，也特别的好看。班长说，那是因为鱼体中含有放射性物质的缘故。海子一见到它，心中便莫名地浮上一丝不祥的预兆，总觉得如此不同于俗的小鱼不能久存。果然不出所料，只养了三天，这条最漂亮的最引人注目的小鱼儿便死了，死时依然是一身闪亮的五彩。班长和海子都十分地惋惜。因此更加注意勤换水、喂食了，目的是为了让这些鱼朋鱼友们过得更舒适，过得比自己好，希望它们脆弱的生命能够延续更长一些。结果剩下的大难不死的三条鱼儿，其中有两条竟然会相互攻击！大一点的鱼把小一点的鱼咬得遍体鳞伤。

班长说："海子，鱼儿是不是也在搞对象？"

是吗？鱼儿在恋爱时也会"吃醋"？这一大一小的两条鱼中，谁是"第三者插足"？

海子觉得班长的话很有道理。就问班长："你搞对象了没？"

班长不作声了。班长不看鱼了，起身走出了屋子。海子想班长可能有心思了，后悔不该问班长这件事。海子在机关时就听说过像班长这样的守岛兵最忌讳谈自己感情上的事。

血肉青铜

第二天早晨，海子发现那只负伤的小鱼儿终于死了。海子告诉了班长。班长却说："死了也好。受尽创伤而残存，也是痛苦一辈子！"海子觉得班长话里有话，班长在爱情上肯定有过挫折。

也就是这一天，班长的胃病又发作了。奇怪的是，也就是这一天傍晚，等连长接走班长，海子回到屋子，发现瓶中的另一条小鱼也死了。

"它们是恋人吗？"海子痴痴地望着玻璃瓶，喃喃地问自己。未曾得到任何回答，只见瓶中漂浮着一张泪流满面的忧伤痛楚的脸。

鱼儿会流泪吗？海子迷惑了。

已经不知几个 15 天过去了。

海子又想起了班长。海子搬过电话机，又拼命地摇了起来。可再摇也是无用的。从上次连长在电话里说了半截话之后，电话就再没摇通过。但海子每天还是执意要摇，他想碰碰运气。他想问问班长的病情，还想告诉连长快快给他派个班长来……

电话没摇通，海子就走出屋外，又饶有兴趣地用他的脚步去丈量这片国土，在礁上礁下来来回回走几圈。这和摇电话一样几乎成了他每天的主要课目。只要在这国土这小岛上走走，海子心里才踏实。海子仍然觉得谁也不能和他相比。除了班长，谁也不敢和他比。

这天，海子走着走着，突然想起了要去看看那用红绸方巾埋小鱼的墓地。海子不知怎么就有一种感觉，那感觉好像是去烈士陵园。海子走过去，看见那自己竖的"碑"依然稳稳地立在沙滩上，碑上自己刻上去的"游"字在潮水的冲刷下，似乎更加清晰。海子看着看着，突然有了一种幻觉，那"游"字变成了一条鱼，正摇头摆尾地向他游来……

海子抹抹眼睛，才发觉自己又流泪了。他好像突然想起忘了什么东西似的，转身就往屋子里跑。海子跑进屋端起玻璃瓶又往回跑。跑到死鱼的坟前，海子双手把玻璃瓶轻轻地放在沙滩上。然后右腿轻轻地跪下，看着瓶中那剩下的最后一条鱼儿，仍在不知疲倦地游着。

"现在就剩下你一个人了，孤孤单单的，在这小小的一方空间里，你不寂寞吗?"海子想。

　　海子突然用右手把瓶子端起来，把瓶中的水和鱼一起慢慢地倒在自己的左手掌上。鱼儿离开了水，活蹦乱跳地在海子的掌心。鱼儿恰好躺在他手掌的那条"事业线"的掌纹上。这让海子想起了上次埋鱼时的情景。海子站起身向海边走去。海子双手捧着鱼儿轻轻地让海水漫过手掌，鱼儿见水来了，眼睛似乎亮了许多，尾巴跳了两下，拍着海子的手掌，就没进了海水中。海子望着鱼儿在脚下的海水里又游了两圈才掉头随着潮水消失了。

　　海子用力地挥别，大声地喊："游吧，大海才是你的家，回家吧，游吧……"海子又流泪了。

　　海子将鱼儿放走之后，心里说不出的痛快，好像完成了一次壮举，自己也像一条获得了新生的鱼儿一样在岛上跑啊跳啊……

　　突然，海上响起了舰艇的汽笛声。海子开始一惊，继而又喜出望外，他疯似的跑到小岛的最顶端，朝西痴痴地望，一看果然是部队来人了。海子急忙跑下来，跑进屋子里简单地整理了一下内务，就穿上军装往码头跑。海子穿军装的时候手颤抖得厉害，戴军帽时，好几次都戴歪了。海子慌慌火火地跑到那个小码头。码头其实只不过是两块大石头码在一起的小平台子。海子跑步时脚步有些不稳，好长时间没走一、二、一了，海子怕首长见了他会训他这个兵是怎么当的。

　　迎面走来了连长。连长这次没有了以前上岛时的威风，只是怯怯地跟在一位将军的身后，不时地比画着什么。

　　连长见到海子，脸像绽开的一朵花："海子同志，司令员亲自来看你了!"将军伸手过来握海子的手。海子有些云里雾里，好像在做梦，眼睛也模糊了，朦胧中听到有人说："你是个好兵!"海子意识中觉得这声音好像是通过他的手传到他的耳朵里的。

　　不知为啥，海子握着将军的手，直想流泪，鼻子酸酸的。

　　海子突然问连长："我班长呢? 班长怎么没回来?"

　　连长马上收敛了笑容，半天才从牙齿缝里慢吞吞地挤出一句话来："海子，你别难过，你班长他……"原来，班长下岛后的第三天

血肉青铜

就牺牲了。

海子呆了，眼前一片苍白，他最想知道却又最不敢最怕知道的消息，真的像玻璃瓶中那条死去的小鱼一样浮现了……

海子蓦地睁大了滚烫的泪眼，却看见连长身后还有一个列兵。

连长连忙给海子介绍说："我给你带一个兵来了，他叫山子，从今天开始，你就是班长！"

列兵山子有礼有节，立正到海子面前，给海子敬了个标准的举手礼："海子班长，列兵山子向您报到。"

海子没有还礼。海子在想：

——我从今天起就是班长了。

——我从今天起就是小岛上最老的兵了。

——我从今天起就不能再流泪了……

许多年以后，我去海子当年守卫过的这个小岛上去采访。小岛的条件改善了许多。一位守岛兵告诉我，他们曾在小岛的沙滩上挖掘了一件"珍贵文物"——一条结绸方巾。据说这是一个姑娘送给守岛战士的定情物，而这个战士在他牺牲之前却把他的爱情埋葬在这个小岛上。

十年后，我去军事博物馆看一个展出。一条红绸方巾格外引起了我的注意。我从旁边的文字说明上看出，它是来自我十年前去采访的那个小岛。这次我却从那红绸方巾上依稀看到上面有一行文字：

你们的胸是平的，盛不住眼泪，但适合挂勋章。你们只可以流血！

我不知道，这条红绸方巾是不是海子埋鱼的那一条？

呼唤阳刚

　　厚厚的一本《辞海》，竟然没有收入"阳刚"这个词语，实在让我有些纳闷。难怪时下社会上剽悍、刚毅和富有阳刚气的男子汉在悄然减退，而长发飘逸的"假女人"、油头粉面的"小白脸"、矫揉造作的"娘娘腔"、弱不经风的"豆芽菜"之类的男人却在与日俱增了。而这种"阳衰"的现象，近年来大有销蚀军营的趋势。下基层走一走看一看，不难发现诸如：口号喊不起来、正步拔不起来、歌声唱不起来、工作提不起来、军体玩不起来的战士还真的不少。一些正是青春好年华的战士干点重活儿就叫苦不迭、讨论问题羞羞答答、执行命令扭扭捏捏、见到首长唯唯诺诺、遇到挫折萎萎靡靡，就像古时的大家闺秀一般，哪有一点儿阳刚之气可言？

　　什么才是阳刚之气呢？我想，阳刚之气应该是男子汉的一种素质。而最能体现它、它又最能体证的人——就是军营男子汉——雄赳赳气昂昂潇潇洒洒的威武雄壮雷厉风行精明能干凛凛然有虎虎生气的风度和气势。

　　阳刚之所以珍贵，就是因为其间含有"不怕苦不怕累不怕死"勇往直前的革命志气和大无畏的革命精神。军营盛产阳刚男儿。"富贵不能淫、贫贱不能移、威武不能屈"，古今中外，真正的英雄男儿无不如斯。金戈铁马，热血边关，天灾人祸，民族危难，赴汤蹈火，和平发展，坚定职责等等，都需要热血男儿挺起那宽阔的胸膛。正因此，社会对男子汉提出了更高的要求。譬如："男儿立身须自强"（唐·李欣），"男儿两膝有黄金"（明·董说），"男儿屈穷心不穷"（唐·李贺），"男儿有泪不轻弹"（明·李开先），"男儿事业须自奇"（五代·贯休），"男儿不展风云志，空负天生八尺躯"（明·冯梦龙），"男儿志兮天下事"（梁启超）、"是男儿，万里惯长征"（王鹏运）等等……可见，热血男儿在人生中所表现的阳刚之气，正是我们民族的魂魄所在，也是我们当代青年军人需要继续发扬和强化的宝贵精神。

历史上伟大的政治家、军事家在马背上角逐日月，刀火里锻炼成败，自然而然襟怀云水，阳刚气质似乎更高人一筹。"大风起兮云飞扬，威加海内兮归故乡，安得猛士兮守四方"的刘邦；"星汉灿烂，若出其里"的曹操；"仰天长啸，壮怀激烈。三十功名尘与土，八千里路云和月"的岳飞；"人生自古谁无死，留取丹心照汗青"的文天祥；"数风流人物，还看今朝"的毛泽东……这是别一样的阳刚，丰沛的浩气与壮阔的豪气熔铸着人生种种，独特的情感灯盏在历史的风云中起伏明灭，形成后人们可望而不及的阳刚境界。那些软弱、怯懦、勇气不足如橡皮泥似的男儿，更无从望其项背。

阳刚之气在人生紧要关头的表现常常是豪爽、勇敢。阳刚不是天生的，失败挫折、人生磨难、艰难险阻往往是达到阳刚的垫脚石，革命英雄主义就是其最佳的体现。我们军队涌现的大量英雄人物就是最好的例证，如董存瑞、黄继光、苏宁等等，这些视死如归的革命英雄是人世间真正的阳刚男儿。著名的麦克阿瑟将军常常将这样的诗句挂在嘴边：青春不是指人生的某一个时期／强壮的意志，巨大的创造力／火一样的热情，斥退怯懦的勇猛心／抛弃安稳的冒险精神／青春，指的就是这样一种心态。阳刚之气就是青春的一道美丽光彩，应该成为年轻军人的一种拼搏向上的心态。显然，那些失去热情、失去勇气的青春男儿，必然会失去青春的色彩，未老先衰。可见阳刚之气不仅对事业、对人生有益，而且对提高整个民族的文化素质有利，对提高军队战斗力的作用更是不言而喻的了。

军营呼唤阳刚！在改革开放的和平年代，军队更要大力塑造和培养青年官兵勇猛顽强、勇敢刚毅、勇于开拓的革命精神。军营男子汉更应该把军歌唱得更响更亮，让阳刚之气充满自己生命的天空。

宽　容

　　一年秋天，我去河南采访，归来后写了一篇报告文学，发表在省城某报上，并引起了较好反响。谁知，三个月后，竟有人没经过我的同意，把我的这篇作品"删繁就简"地改写成一篇通讯在军队一家报纸上发表。看到后我十分生气，当即写信质问，大有个不弄个水落石出誓不罢休之势。后来那位"作者"来信赔礼道歉，并谈到这事关他的前途和命运。看其诚恳，念其年轻，我便不再追究了，因为他还是个小战士，正预备提干，如果没头没脑的只照顾自己，说不定会"害人不浅"。当然，这是悖于原则的。

　　由此，我想到了做人。在人与人的交往中，产生一些矛盾或误会，是不可避免的，但怎样才能化干戈为玉帛，消除这些矛盾和误会呢？古人云：海纳百川有容乃大，壁立千仞无欲则刚。胸怀开阔度量大的人"肚里能撑船"，不计较区区小事，既能宽容别人的过失和缺点，更能容人之长不嫉妒他人。

　　革命前辈朱德同志就是个"度量大似海的人"（毛泽东语）。长征途中，朱老总与张国焘的分裂阴谋进行斗争，一些不明真相的人不但围攻他，还抢走他的马匹不给他饭吃。朱老总的警卫员发了火，他却劝警卫员："不要对自己的同志发火，抢走了马我们用腿可以走路嘛！"抗战期间，陈毅同志只身去寻找与我党失去联系的游击队，传达中央关于联合国民党抗日战争的指示，却被游击队司令员误认为"叛徒"，捆起来要杀头。然而，误会消除后，陈毅同志毫无怨言，还和这位游击队司令员成了好朋友。由此可见，在交往中豁达大度，能赢得人心，消除矛盾和误会。

胸怀豁达的人，好话坏话甚至骂人的话都能听进去，听了也不结怨，不记仇，一如既往，所以能广结朋友，振兴事业。相反，胸怀狭窄度量小的人，睚眦必报，锱铢必较，听不进半句逆言反语，受不得半点委屈，一语不和，一事之违，就耿耿于怀，寻机报复，结果造成众叛亲离。战国时期，魏国有个叫庞涓的大将，他曾和孙膑在一起学习兵法。当他发现孙膑胜过自己时，就设计把孙膑骗到魏国，诬陷他私通齐国，于是孙膑被割掉了膝盖骨。庞涓想以此把孙膑埋没，可最后庞涓却落了个乱箭穿身的下场。可见，交人小气，不能容人之长，不仅害人害友，更害自己。

在交往中，除扩大自己的胸怀和度量，更要学会谅解别人宽容别人，要多站在对方的角度进行"换位"思考，将心比心，这样就易心心相印，息息相通，解嫌消怨，《佛经》中有这么一个故事：一个名叫寒山的和尚和一个名叫拾得的和尚谈心。寒山说："世界谤我、欺我、辱我、笑我、轻我、贱我、恶我、骗我、又如何处之？"拾得回答道："只是忍他、让他、由他、避他、耐他、敬他、不要理他，再过几年，你再看他。"仔细想想拾得和尚的话，在交往中宽容大度，生活就简单多了，成长也就顺利多了。

自卑不再来

　　记得那是两年前的一天中午，我去打字行买打印机色带，我很客气的问服务员："小姐，请问有色带卖吗？"谁知我话一出口，几个服务员都笑了，一下子把我弄了个"大红脸"。我又客气的问了一遍。一位年纪大些的服务员立即止住了笑声，那张涂脂抹粉的脸忽地"晴"转"多云"，没好气地说："没有，没有。"再看看旁边几位小姐那副幸灾乐祸的模样，我真想一拳揍她们个半死……可我还是忍了下来。我知道，问题非常简单，仅仅是因为我有一副遭人耻笑的"娘娘腔"。

　　其实，在此之前我也有过类似的"遭遇"，但毕竟没有如此让我难堪。因此，我对此事一直"耿耿于怀"。以后就时时告诫自己"少说为佳"，以至固守一隅，消极悲观起来。由此，我不愿尝试、不愿冒险，每每放弃努力，丧失了许多发展和完善自我的机会。这种自卑感导致了我的自我封闭，而自我封闭又加重了我原有的自卑，在这样的恶性循环中，我痛感自已的渺小和丑陋，久而久之，主观的"无为"造成了事实上的"无能"，我深深陷入了自卑的泥沼。

　　"狂者进取，狷者有所不为。"为了走出自卑怪圈，朋友们多次耐心地开导我，叫我重新审视自己，走出自我封闭的心理误区，慢慢地我也开始认识到自卑是自我弱化的一种表现，它的背后就是自己那一颗极强烈的虚荣心和一份过分而可怜的自尊。嗓子是爸妈给的，能怪谁呢？我开始改变自己，大胆地开放自己，不断地鼓励自己。并且终于遇到一次自我表现的机会。

那是在去年的国庆联欢会上，同学们安排了一个"击鼓传花"的游戏。当"花"传到我手上的时候，鼓声突然停止了，这意味着我必须表演节目，我犯难了，但同学们的掌声和欢呼声，使我不得不拿起麦克风走上舞台。我对同学说："人在旅途，成长总不易，第一次面对这么多眼睛，我的心在颤抖。"我好羡慕同学们的金嗓子银嗓子，今天，我只能用自己的这副非金属的"破锣"嗓子献给大家一首《人在旅途》，希望大家掌声鼓励……

"从来不怕命运之错，不怕旅途多坎坷……"出人意料的是，我的演唱竟把晚会推上了高潮，同学们被我的激情所感动，和我一起唱歌，为我拍手欢呼……也就是这么仅仅一次歌唱，就叫我领略了走出自卑的欣喜和同学情谊的珍贵，我禁不住泪流满面……

后来，我读到俄国著名作家陀斯妥耶夫斯基对自卑做过的一个形象的比喻，更让我茅塞顿开，他说："如果你鼻子上或脑门上长了个瘊子，你总觉得所有的人在世上只有一件事要做，那就是瞧你的瘊子，并为此笑你、骂你，即使你发现了美洲新大陆也无济于事。"而我正在对自己的"瘊子"——"娘娘腔"极为敏感，并通过自己的眼睛进行了无数倍的放大，用自己的想法吓唬住了自己。

如今，我的嗓音有时仍会被人笑话，可生活已经告诉我：当你克服自卑，大胆地走向陌生人，大胆地让青春在人生的舞台上做一次神采飞扬的亮相时，平淡的生活里就会处处充满了陌生的魅力，自卑也会像阳光下的露珠那样，渐渐地消失得无影无踪。

教育在真诚里

同事老皮的儿子小玉今年 6 岁，是幼儿园里个头最大、力量最大的一个，在幼儿园和小朋友们游戏时，一不小心就会伤着别人，甚至有"流血事件"发生。这不，"告状"的电话又打到了办公室。为此老皮可是伤透了脑筋，打骂总不是个办法，可不教育又怕因小孩而伤了同志间的和气。一回家老皮就对小玉进行教育，"地毯式轰炸"般的"审问"丝毫没起作用，小玉金口难开，死活不承认错误。再教育就是泪眼汪汪，哇哇大哭。老皮没招儿就找我商量如何是好。

于是我就把小玉带到我家，和老皮一道对他进行"政治思想工作"，一开始我也是连连"碰壁"。之后我给他讲了一个我小时候的故事，想不到小玉竟然主动承认了错误。那是我 10 岁时发生的事，一次我陪父亲在花园里种花，不小心把父亲最心爱的一棵玫瑰踩断了，因害怕父亲的责骂，我不仅没有主动承认错误，还偷偷地把折断的花枝插在花盆里。我这小小的"勾当"并没有逃过父亲的眼睛。几天后父亲才找我谈起此事，说"犯了错误不要紧，有错就改就是好孩子"。我主动承认了错误，并取得了父亲的原谅。父亲真诚而委婉的教育方式真是用心良苦。许多年过去了，我仍清楚地记得这件小事。今天我把它讲给朋友的小孩听，而且取得了意想不到的效果，这是为什么呢？

孟子曰："诚者，天之道也；思诚者，人之道也。至诚而不动者，未之有也；不诚，未有能动者也。"我想答案或许就在此了。教育方式的不同，结果自然不同。我真诚地给小玉讲了自己也曾经犯过错误的经历，并让他知道承认并改正错误得到的是别人的谅解，而不是"打骂"。这样真诚的交流使他感到人格上的平等，消除了心理上的畏惧，并在我们之间形成情感和信念上的共鸣，从而诚恳地接受批评，主动承认自己的过错。而老皮打骂说教的方式无形中在教育者和被教育者之间形成障碍，缺乏的就是真诚的交流和沟通，这或许也是现代教育中存在的最大误区。

真诚最能打动人心。真诚是教育最有效的方式，是教育的一把"金钥匙"。教育之谓教育，就在于它是一种真诚的自觉的向善的培养，而不是"修其天爵以要人爵"式的虚伪的手段。教育需要真诚，渴望真诚。真诚在教育里，是教育的灵魂；教育在真诚里，才能取得最佳的效果。愿天下的父母在对儿女的教育里都充满真诚！

书，非读不能借

朋友下海后成为一家公司的老板，近几年财源茂盛，生意如日中天。这么多年来他仍保持着一个良好的习惯：藏书。每次登门拜访，我对他那一壁图书都赞不绝口，羡慕不已。朋友也引以为荣，在书价不断上涨的今天，他立志不管书价多高，只要他喜欢的书都要买下。朋友也十分大方，因此我总能借到许多在价格上不敢问津的好书，为我的读书生活增添了不少的乐趣。

时间一长，我发现朋友的书都崭新崭新的，好像从来没有看过。我便好奇地问他："是不是每本书都看过？"他的回答很坦然："没有看过。"我说："那你为什么花这么多钱买书呢？"他说："客观上我生意忙，没有时间，但我买书是为了收藏，在家里营造一种良好的氛围。"

面对朋友的回答，我很惘然。后来，我才发现现实生活中，类似朋友这样的人还真的不乏其人。为此我认真地对他们的心态做了一下分析思考，大概不外乎如下两种：一种是的确爱读书，喜欢买书藏书，但苦于自己现在没有时间，或者是认为买了书是自己的了，留着慢慢看，不用着急。一种是纯粹为了包装自己，藏书是为了给别人看，让别人感觉他是"读书人"，有知识有学问，满腹经纶，这是虚荣心在作怪。由此想到我自己，买了不少书，自己很少认真地去看，有的甚至束之高阁，却千方百计地去借别人的书看，这不就是"书非借不能读也"了嘛！真是惭愧。

腹有诗书气自华。读书是一种美好的精神活动,是获取知识的重要源泉。"雄读书,春花满。散朱碧,点班管。胤读书,夏风凉。若无膏,萤取囊。符读书,秋月随。新凉入,亲灯火。康读书,冬雪厚,就以映,字如昼。"古哲先贤给我们树立了多么好的读书榜样啊!他们的这种刻苦读书的精神给我们以深刻的启迪和教益。

作家梁晓声说"读书是一种幸福"。读书可以了解历史、认识现实、认识生活和人生。那种只买书、藏书而不认真去读书的人,是不是也能体味到读书的幸福呢?袁枚在《黄生借书说》里曾嘲讽那些"书非借不能读"的读书人。但换个角度说,我认为真正想拥有"读书是福"的人应该做到"书,非读不能借"。买了书自己要首先读,自己没有读的书,就不要借给别人读。这样做起码有三点好处:一是丰富了自己的知识,达到买书的目的;二是知道书的内容和思想后再借给别人读时,就可以向别人提出自己对这本书的观点,起到一个引导和推荐的作用;三是两人之间更易进行读书心得交流,促进共同进步,加深友谊。

论爱国与责任

在古汉语中，中国的"国"写作"國"。从会意字造字的特点解释，"國"字的部首"囗"表示一个国家的领土、范围，里面的"口"表示人口，"一"表示耕地，"戈"则表示军队。合起来的意思是说，一定的领土、人口、耕地和军队是构成国家的基本条件。这种解释从一方面反映了军队与国家的密切联系。而自古以来，人们无不把忠诚和献身于祖国看成是军队的神圣义务和职责，并以此作为评价军人行为的最高准则。历代有正义感的军人也都把爱国作为自己最基本的道德义务。而对我们当代军队青年来说，爱国不仅是一种使命，更是一份沉甸甸的崇高历史责任。

爱国主义和牺牲奉献精神是我军的力量源泉和鲜明品质。作为新型的人民军队，我军是适应国家独立和民族解放的需要而产生的，是中国历史上最忠实最先进的爱国武装集团。作为以青年为主体的军队，我军青年自豪地拥有和继承着中华民族爱国主义的优良传统，并在长期的革命斗争中发展成为新型人民军队特有的政治觉悟和行为准则。爱国是我军的最高行为准则。崇高的爱国主义精神铸就了人民军队忠于党、忠于人民、忠于国家、忠于社会主义的军魂。从"八一"南昌起义、万里长征到抗日战争，从抗美援朝、自卫反击战到东南沿海军事演习，再到抢险救灾、支持国家经济建设，可以说不同时期的军队青年身上，始终涌动着具有不同历史含义的爱国热血。我军从诞生之日起，就成为中华民族优秀青年向往的大学校、大熔炉，军队的热血青年始终高擎着爱国主义这面大旗，使它成为一种主流文化深深地沉淀在青年官兵的心中，并在军营扎根、发芽、开花、结果。而且在这种传统的激荡之下，优秀青年层出不穷，他们表现出了胸怀祖国、胸怀民族、胸怀人民的高尚情操，他们脚踏实地，德行高尚，目光远大。从张思德、董存瑞、黄继光、邱少云到雷锋，从张华、苏宁、徐洪刚到李向群，可以说这种优良传统赢得了人民对于军队青年的称赞和信任。70多年过去了，军队青年的爱国行为已被人们抽象为一种爱国精神。而这种精神就是凝聚我军军心的精神支柱，是激励斗志、鼓舞士气的强大精神动力。

这里，我们可以看到，爱国主义也是一个历史范畴，社会发展的不同阶段、不同时期的不同任务，决定了爱国的不同具体形式和具体内容。民主革命过程中，推翻"三座大山"是爱国主义；社会主义时期，投身于建设和保卫社会主义现代化事业，献身于祖国统一的事业是爱国主义。邓小平同志指出："中国人民有自己的民族自尊心和自豪感，以热爱祖国、贡献全部力量建设社会主义祖国为最大光荣，以损害社会主义祖国利益、尊严和荣誉为最大耻辱。"这是对当代中国爱国主义特征的精辟概括。在当代，爱国就要热爱有中国特色的社会主义，我们爱国主义的旗帜上，写着的就是"建设有中国特色的社会主义"12个大字。这是因为只有建设有中国特色的社会主义，才能把我国引向富强，才能有力地维护和巩固中华民族的独立和实现祖国统一。落后就要挨打，贫穷就要受欺。近代中国屡遭外敌入侵和蹂躏，根本原因就在于积弱积贫。在帝国主义、霸权主义依然存在的今天，那些自恃自己经济、科技和军事上有强大实力的国家，仍然对我们虎视眈眈，他们从来没有改变过对发展中国家的敌视、偏见和侵略的企图。像1999年5月8日，以美国为首的北约悍然用导弹袭击我国驻南联盟大使馆的严重侵犯我国主权的行为，就是一个最有力的证明。我国政府当即发表了严正声明，提出了最强烈的抗议。江泽民主席严正指出："以美国为首的北约必须对这一事件承担全部责任，必须对中国政府提出的要求做出全面交代。否则，中国人民决不答应！"这再一次表明中国人民始终把维护国家的独立和主权放在第一位，决不拿国家的利益做交易，决不做损害国家主权的事；自己不称霸，也决不允许别人在我们面前称王称霸。也正因此，建设有中国特色的社会主义是把社会主义和爱国主义融为一体的全新事业，是新时期建设富强、民主、文明的社会主义现代化强国的伟大事业，谱写了中华民族爱国主义的新篇章。

军队盛产英雄儿女。如果说，爱国主义的优良传统使军队青年始终保持着坚定正确的政治方向，那么军队青年的身上强烈的牺牲奉献精神，则一次又一次地使青年官兵扣紧了时代发展的脉搏，一次又一次给予了青年官兵报效祖国和人民、追求人生价值的力量。军队的广大青年官兵特别是其中的优秀分子，在中华民族发展和社会主义现代化建设的关键时刻，用爱国热血为自己矗立起一座座不朽的丰碑。他们不惜抛头颅洒热血，"亏了我一个，幸福十亿人"，以自己的实际行动实践着我军全心全意为人民服务的宗旨，将他们的牺牲奉献精神表达得淋漓尽致。同时，军队青年历来注重理性思考时代对自己的要求，坚定的理想信念和纯洁的思想道德，使他们对时代的走向和世界格局保持着最敏锐的关注，始终把自己的前途命运和祖国、民族、人民的前途命运紧紧结合在一起，把自己的事业放在国家、军队改革和建设的大背景之中，在大局下行动，把爱国主义和牺牲奉献精神紧密地结合在一起。这是我们军队青年爱国主义的一个显著特点，也是军队青年官兵建功立业的一条重要而宝贵的经验。

同时，历史和现实也给军队青年一个忠告和警惕：伟大的祖国必须要有强大的国防。沉痛的历史和严峻的现实已经反复证明了这一点。如今，世纪之交，巩固国防、抵抗侵略、保卫祖国，为改革开放和经济建设提供坚强有力安全保证的历史责任，已责无旁贷地落到了忠于祖国、忠于人民的每一个军队青年的肩上。任重而道远。军人以爱军习武为本。只有把武艺练高强、技术练精湛、作风练过硬，才能很好地履行我军的根本职能，随时听从祖国的召唤，为国而战，战则必胜。革命军人作为国家尊严的代表者和捍卫者，一言一行、一举一动都体现着国家的形象和尊严。随着改革开放的不断深入，我们军队青年官兵也同样面临着没有硝烟的特殊战场，只有把牢思想阵地之门，自觉抵制拜金主义、享乐主义和极端个人主义的侵蚀，才能站稳脚跟，思想坚定，做到富贵不淫、贫贱不移、威武不屈，交上一份合格的政治答卷，让祖国和人民放心。

军队青年的命运从本质上说与军队改革和现代化建设事业是紧密联系在一起的。军队改革和建设需要广大青年官兵投身其中，奋发图强；青年官兵也只有投身到军队改革和建设的过程中才能建功立业，实现报国之志。应该说，处在世纪之交的当代军队青年是幸运的，时代让我们担负起跨世纪的保卫祖国的历史使命和崇高责任，时代向我们展示出中华民族全面振兴的灿烂前景。这是一个全新的任务，更是一个全新的责任！

论敢于说真话

　　时下一些地方和单位，"批评难"的现象并不鲜见。"批评上级怕穿小鞋，批评同级怕伤和气，批评下级怕丢选票"，往往只能是"自我批评谈工作，互相批评谈希望"。他们觉得直陈其事、点名道姓的批评是给别人下不了台，不近人情，不利于工作的开展。"批评难"究竟难在哪里？一句话，难就难在不敢讲真话，甚至遇到该批评的事情时也装"哑巴"。一位高级领导干部就形象地把这种干部比喻为"哑巴干部"，可谓一针见血。他指出这种"哑巴干部"越多，问题也就越多。

　　为什么有人要当"哑巴干部"呢？我想，关键还是有私心杂念，怕说真话得罪人。共产党的事业本来就是以实对实的。真实情况如何，干部心里明白，群众心里明白。假如见到错误甚至违反纪律的事情不敢批评，而是"装聋卖哑"，"上级对下级拢着哄着，同级之间容着护着，下级对上级捧着抬着"，群众怎么会买账？干部又怎么可能带领群众干事业？真正的共产党人是彻底的唯物主义者，哪有共产党人"装聋卖哑"害怕批评和自我批评的道理？作为下级干部，不管上级是否肯听、爱听，都应该坚持真理、秉公直言；作为上级干部，虽然真言逆耳，和自己的认识甚至利益不一致，但仍然耐心倾听、虚心接受，这才是共产党人的品格。

　　对存在缺点或错误的同志，有的批评"点到为止"即可，有的则需要指名道姓，不能拐弯抹角隔靴搔痒的当"哑巴"，否则就难以使被批评者受到应有的震动和教育，难以使大家共同吸取教训。只有敢于批评，一针见血的批评，才能使犯错误的同志及时认识错误，改正错误。

不说真话的最大危害，是腐蚀党的队伍，使我们党闭目塞听，严重损害党的战斗力。我们的干部，特别是领导干部，该讲的就要讲、该管的就要管、该严的就要严，千万不能玩"深沉"，老是沉默下去未必都是"金"。领导敢不敢于说真话，实际上就是一种导向。如果领导干部对于一些不好的现象不批评，无疑就是对乐于当"哑巴"的干部的肯定和支持。而敢说真话秉公直言的干部就没了立足之地，就会被视为幼稚、不识时务、不成熟，甚至遭到打击。

毛泽东同志就曾说过，因为我们是为人民服务的，所以，我们如果有缺点，就不怕别人批评指出。只要他说得对，我们就改正。反过来，他人有了缺点和错误，我们也应该善意地批评指出。因为共产党人没有任何私利要谋，也没有任何歪风邪气可以畏惧。"我们的力量就在于说真话"。说真话，这是尊重事物发展的客观规律，是尊重唯物辩证法，就是尊重人民群众；不当"哑巴干部"，是光明磊落的表现，是取得党组织和人民群众信赖的基本途径。不管是自己还是他人，工作上生活中，有了错误，不要掩盖，不用回避，是怎么样就怎么说，大胆地说痛痛快快地说，说出来，以便得到别人的帮助，有利于自己改正错误。

对干部敢于批评，严格要求，看似无情胜有情。尽管被批评者在群众面前一时面红耳赤忐忑不安，觉得丢面子，但静心一想，得到的是党性的锻炼、廉洁意识的增强、党群关系的密切，时间一长，他们也会理解。

敢于说真话，关键在于干部要加强道德修养和党性锻炼。作为上级，自己首先要带头不装"哑巴"，尤其要鼓励下级讲真话敢批评，即使讲了自己不愿意听的话，也决不能扣帽子、抓辫子、打棍子；作为下级，不能只说好听的，信奉"不捧白不捧，捧了不白捧"，不顾良心、不管真假，怎样对自己有利就怎么说，这不是共产党的干部应有的品质。我们应该让那些"哑巴干部"不再有市场，要在我们的周围大力营造一个良好的敢说真话敢于批评与自我批评的氛围，让大家都来批评"哑巴干部"，不做"哑巴干部"，这对我们的事业、我们的工作和同志间的交往都是极其重要的。

论善于听老实话

"说老实话，办老实事，做老实人"，是保持良好精神状态的一种表现，就是实事求是，求真务实。"做老实人"是立身之本，"办老实事"是立业之基，"说老实话"是真正对党对事业负责，三者统一而不可分，这也是共产党人的品格。为了把"老实事"办好，就必须了解和掌握真实情况，从而为领导和决策部门提供最真实的依据。而掌握真实情况的最基本最重要的途径，就是深入基层，直接听取群众的真实意见。而在听取的真实意见中，肯定有"好听"的有"不好听"的，有"报喜"的也有"报忧"的，这都是客观存在的事实及其真实反映。而从把工作做得更好的要求看，"不好听"的"报忧"比"好听"的"报喜"，往往更有价值。这些反映问题、揭露矛盾、提出意见的老实话，或许与领导意见不一致，或许是领导不愿意听甚至听不进去的话，往往是"忠言逆耳利于行"，因而更需要认真听、诚恳地听。

"说老实话"是党实事求是的根本思想路线的重要组成部分，是"办老实事，做老实人"的前提之一。现在，尽管我们一再在理论上提倡实事求是，要实话实说、实情实报，中央领导也三令五申地强调"要敢于说真话"，而工作中真正敢说真话的人总是不多。这是为什么呢？恐怕不是人们不愿意说、不敢说，而最重要的一个原因是一些处于领导决策位置，负有出主意、用干部、抓落实等重要责任（现在流行叫权力）的领导不愿意听或者不善于听。

血肉青铜

"说"与"听"是一个矛盾的两个方面。"说"是要给人听的，有人"听"，才能更好地"说"，不然就等于没说。因此在这一矛盾中，"听"是占第一位的。也就是说，有了愿意听、乐于听老实话的人，才会有愿意说、敢于说老实话的人，这就像市场上有了买者才有卖者一样，是一种供与求的关系。反之，如果没有"听"者，甚至对秉公直言者扣帽子、抓辫子、打棍子、穿鞋子，"说"者还有什么勇气和必要说下去？试想，如果唐太宗不从谏如流，魏征直言进谏就难以持久；明穆宗不乐于纳谏，备棺进谏的海瑞或许早成了棺中之鬼。我们敬爱的周总理，非常注意倾听群众的老实话，赢得了人民的爱戴。实际上，为人民的事业，不计个人得失，敢于说老实话的人不是没有，而是大有人在。所以要想让群众说老实话，关键是各级领导自己首先要愿听、爱听、乐于听老实话，赞赏、奖励、宣扬和重用说老实话的老实人，从制度上保证不让老实人吃亏，从实际结果上不让说假话的人得利，真正营造一个大家能随时说老实话、领导又能认真听老实话的良好氛围。

邓小平同志曾经说过："各级领导同志要善于倾听反面意见，倾听不同意见；要听老实人的话，要听老实话。这也是我们的传统。"一个有作为有抱负的领导，首先应该是一个乐于听老实话、善于听老实话的人。"听老实话"就是尊重事物发展的客观规律，就是尊重唯物辩证法，就是尊重人民群众，是光明磊落的表现，是取得党组织和人民群众信赖的基本途径。领导乐不乐意听老实话、善不善于听老实话，既是领导者的一种基本素质，也是对上负责和对下负责的一种工作姿态，更是一种导向。乐于听老实话就是对说老实话的肯定和支持。反之，如果领导者不辨忠奸，相信那些说假话的人，打击那些说真话的人，就会压制下面讲真话报实情的积极性，就会阻塞言路，使我们党闭目塞听，说假话成风。这样，损失的是国家，受害的是群众。

孟子曰："夫苟好善，则四海之内皆将轻千里而来告知以善；夫苟不好善，则人将曰：'讻讻，予既已知之矣。'讻讻之声音颜色距人于千里之外。士止于千里之外，则谗谄面谀之人至矣。"这个在时光隧道里走了千百年的名言，会给今天的领导者们一个什么样的启示呢？兼听则明，偏听则暗。领导者要敢听真话、会听真话，就要不断加强党性修养，摒弃私心杂念，要有对党对事业高度负责的精神，要有求真务实的作风和宽广的胸怀。山坡上的小道，经常有人踩就变成了路，有一段时间没有人走了，就被茅草堵塞了。领导能不能听到真话也是这个道理呀！

前辈们说"我们的力量在于说真话！"，今天的共产党人是否应该理直气壮地说"我们的方法在于听真话！"呢？

人生答谢词

（代后记）

一是感恩。感恩父母，孕育抚养了我，给了我生命；感恩兄弟姐妹，陪伴我成长，与我一起哭过笑过；感恩妻子，在人生路上相亲相爱，不离不弃；感恩儿女，"养儿才知父母恩"，才知做父母是一件既操心又享受天伦的幸福——是上面这些需要感恩的人，让我懂得了生命的珍贵和高贵，找到了生命的价值。

二是感谢。感谢彼此肝胆相照的朋友，在生活的征程中风雨同舟砥砺兼程，互相提携；感谢若即若离若隐若现的朋友，在我最需要帮助的时候，伸出援助之手；感谢素不相识的朋友，在我不慎跌倒的瞬间毫不犹豫地赠我微笑——是上面这些需要感谢的人，让我懂得了生活的快乐和温暖，明白了生活的意义。

三是感激。感激那些在我生存的现实中给我设置障碍的人，感激那些在我取得成绩时羡慕嫉妒恨的人，感激那些在我陷入低谷之时投井下石的人，感激那些在我彷徨消沉之时热嘲冷讽的人——是上面这些需要感激的人，让我懂得了生存的竞争和压力，理解了生存的目的。

感恩，让我体味到人间大爱无声，是宽容；

感谢，让我体验到人间大爱无疆，是包容；

感激，让我体察到人间大爱无情，是从容。

年过不惑，我想对自己说：常怀感恩之心、感谢之情、感激之意，拍拍胸膛向前走，鲜花谢了明年还会开，太阳落了明天照样升起来！